D1570378

LAS AVENTURAS DE JUAN PLANCHARD

NOVELA

POR

JONATHAN JAKUBOWICZ

PRIMERA EDICION NOVIEMBRE 2016.
Diseño de Portada: Claudine Jakubowicz.

ISBN-13: 978-0692760611

INDICE

Identifíquese — 7
Swingers en Las Vegas — 10
El Amor — 25
El Culo de Gadafi — 38
Nalgadas en Nueva York — 53
Chinos en Crackas — 67
Caníbales en Miraflores — 86
No Volverán — 97
Fly de Sacrificio — 108
La Diputada Endragonada — 119
Vampiras en La Habana — 130
Masajes con Diamantes — 144
El Imperio no paga — 155
Yo soy la Muerte — 164
La Peste — 178
Los Sin Techo — 196
Tobito de Agua Fría — 209
El Chacal y el Pollo — 227
Tragavenados en Colombia — 237
Puente sobre el Lago de Maracaibo — 245
El Elefante Blanco — 252
Cangrejera — 256
Beverly Hills 90210 — 261
Paz Mundial — 268
Acción en Hollywood — 273
Hasta el 2021 — 285
El Imperio Contrataca — 292

IDENTIFÍQUESE

Mi nombre es Juan Planchard, tengo veintinueve años y cinco millones de dólares en mi cuenta. Tengo una casa en La Lagunita, una en Madrid, y un apartamento en Nueva York. Soy dueño de una vende-paga en el Hotel Palms de Las Vegas. Comparto un avión privado con el testaferro de un pana, y estoy convencido de que todas las decisiones que tomé durante la revolución bolivariana fueron correctas y serán agradecidas por mi descendencia.

Confieso que me tomó un tiempo darme cuenta. Yo también pensaba que el bien común era el bien moral, y el bien de pocos era el mal absoluto. Pero me cansé de pelar bola y puse atención:

El país más rico del mundo eligió al Comandante, un carajo que solo cree en la fidelidad, y te deja hacer lo que quieras con tal de que no hagas nada contra él.

¿Por qué me voy a poner yo a pelear con el único tipo en la historia contemporánea que ha logrado controlar al ejército y calmar al tradicionalmente rabioso pueblo de Venezuela?

¿Quién soy yo para decirle a los pobres que se equivocan al creer en el que llaman su líder?

Nadie.

Pensar que la mayoría se equivoca es subestimar al pueblo. El pueblo nunca se equivoca. Si pasa más de una década enamorado de un tipo, es porque el tipo le gusta. Uno se debe adaptar, y adaptarse implica echarle bola dentro de las reglas del juego. Como Kevin Costner en "Los intocables", que persigue a Al Capone por traficar caña y al escuchar que van a legalizar el alcohol decide tomarse un trago. Así decidí hacer yo: si la vaina es guisando, pues hay que guisar.

El billete lo he hecho principalmente con Cadivi, como todo tipo medianamente inteligente que haya vivido en la primera década del siglo XXI en la tierra de Bolívar. Si no eres venezolano, te lo explico: el gobierno socialista bolivariano estableció un control de cambio de dólares en Venezuela. Este control produjo dos tipos de cambio, uno legal y otro real. En los últimos años (estamos a finales del 2011) el dólar real vale el doble o más que el legal. Solo tienes que conseguir dólares legales y venderlos por el precio real para hacer al menos dos dólares por cada dólar invertido.

Conseguir dólares legales es fácil, basta con tener contactos en el gobierno. Esa es la manera a través de la cual se enriqueció todo el que quiso y supo hacerlo. Cero riesgos. Todo pa'l bolsillo, todo bolivarianamente legal. Es una especie de asalto al país, pero un asalto por voluntad popular deja de ser un asalto y se convierte en una filosofía colectiva, una cultura. Y eso el que no lo entendió fue porque no quiso.

Tengo panas que andan en aquello de la venta de armas y ya van por ochenta palos verdes. Pero eso es demasiado peo. Las armas tienen serial, y si una de las tuyas termina en manos de la FARC o de Hezbollah, te pueden cerrar la puerta al imperio, y eso sí no me lo mamo. Yo con cinco millones tengo. La vaina está demasiado peligrosa en

Caracas. Prefiero pasar mi tiempo en Estados Unidos, aprovechando la crisis del capitalismo para conseguir las vainas a mitad de precio.

No es paja, todo está a mitad de precio. Desde apartamentos en Manhattan hasta culitos impresionantes que tienen el bollo catire... jevas de Playboy por un pelín de cash... Ocho mil bolos fuertes la noche. Seis lucas verdes por una semana... Niñas de su casa, que en Venezuela sencillamente no consigues. Puede que ganemos los Miss Universo pero dejémonos de paja: casi todas las venezolanas son unas podridas. Todo el que ha viajado al exterior sabe de lo que estoy hablando. El que dice que las venezolanas son las mejores jevas del mundo es como el que dice que Venezuela es el mejor país del mundo: simplemente está desinformado. Y que se me arreche el que sea, me sabe a mierda. Ya tengo mis reales y si no puedo volver más a ese chaborreo, pues no vuelvo.

SWINGERS EN LAS VEGAS

La historia que voy a contar no es política. Es una historia de amor. Amor verdadero, con billete. No el amor clase media que busca subir de estrato social. No el amor de los pobres que busca compartir la miseria. No. Esta es una historia de amor con real. Amor entre gente que lo tiene todo y para la cual el amor puede ser, de verdad, lo más importante en la vida.

Hay unas fiestas de swingers en Las Vegas que son una merma. Sólo dejan entrar a mujeres solteras que estén buenas y a parejas menores de treinta y cinco años. La entrada vale veinte mil dólares por tipo (las mujeres entran gratis). Para la rumba se alquilan unos penthouses del Hotel Palms. Cuatro suites, de cuatro cuartos cada una, conectadas entre sí. Son espacios enormes, una de ellas tiene hasta una mini cancha de basket en mitad de la sala (supongo que para los panas de la NBA). Hay jacuzzis, columpios, saunas, colchones comunales en los que caben quince, todo tipo de juguetes y aparatos… Las suites tienen vista al Vegas Strip, la calle principal de Las Vegas, donde está una réplica medio raruna de la Torre Eiffel y otros hoteles temáticos que atraen a los peores turistas del planeta.

Lo mejor de estas fiestas, es que en ellas la mayoría de las parejas no son pareja. Un carajo menor de treinta y cinco años, que está dispuesto a gastarse veinte lucas verdes en una rumba, es un carajo que no anda pendiente de tener una relación estable… Y si la tiene, no trae a la jeva para una fiesta de swingers en Las Vegas. Así que todas las cien mujeres que vienen con tipos a las fiestas, más las cincuenta que vienen solas, andan pendientes de escalar y pasan toda la noche mirando para los lados para ver dónde se montan.

Las rumbas comienzan a las tres de la mañana y como a las cuatro se arman unas orgías que son, de pana, superiores a la que viví en el palacio de Gadafi (esa quizá se las cuento luego).

Acababa de aterrizar en Las Vegas con mi pareja de la fiesta de swingers, una actriz brasilera que conocí hace tres años, en diciembre del 2008 en Punta del Este. Teníamos la nariz entumecida de tantos pases que nos habíamos metido en el avión privado del testaferro del pana (un Challenger 300, de veinticinco palos verdes, con platos de porcelana y mesoneros que sirven queso manchego con melón). Nos recogió un Lincoln Town Car y nos llevó al Hotel Venetian, que está medio lejos del Palms.

—¿Por qué no nos quedamos en el Palms? –preguntó la carioca en portuñol.

—Nunca es bueno quedarse en el hotel en el que se va a rumbear –respondí–, por si se arma un peo y hay que salir corriendo.

La Brasileña no podía estar más buena. Pero yo, en principio, estaba demasiado explotado por el perico como para intentar una aproximación sexual. Además, la idea era guardar las municiones para las swingers de la noche.

Al llegar al hotel, la jeva se metió en la ducha panorámica estilo veneciano y comenzó a cantar una vaina de Paralamas. Yo me puse a picar el perico para tener todo listo y la fui estudiando: su cabello castaño claro, con raíces negras de peluquería. Sus caderas anchas, en forma de manzana, de ese tipo que solo consigues en la tierra de Lula. Su rostro medio portu, medio africano. Se parecía a Xuxa. Sus tetas estaban demasiado bien operadas.

No recuerdo cómo se llamaba, es posible que nunca lo haya sabido. Lo cierto es que al verla con su cuerpo perfecto cantando, con las luces de Las Vegas de fondo, en mi suite enorme e impersonal, con la copa de Prosecco servida sobre la mesa, y la cama California King invitándome a nadar en ese ciclón de curvas cariocas: pensé que ya lo tenía todo, pero no era feliz.

El dinero no da la felicidad, pero da una sensación tan parecida que se requiere de madurez para notar la diferencia. Lo malo es que nadie aún ha descubierto qué es lo que da la felicidad cuando ya uno lo tiene todo. Es duro. Pocos entienden que lidiar con el éxito excesivo es tan difícil como lidiar con el fracaso.

Pero estaba en Las Vegas. Pensé que sería demasiado patético deprimirse en Las Vegas. Por ello decidí intentar sustituir el dolor de mi espíritu por el placer de mi cuerpo… y en un arrebato filosófico inesperado me metí dos pases más, entré a la ducha y comencé a cogerme a la hembra, de pie y de ladito, pidiéndole que no parara de cantar Paralamas…

Le metí y le saqué la paloma repetidas veces. Luché por apartar de mí todas las ideas negativas. Entré y salí. Entré y salí... todas las veces que pude... hasta que ese ir y venir genital y el agitado rebotar de sus glúteos contra mis caderas, se conectó en un solo ritmo con la coca y su maravillosa euforia química... Y sí... ¡Lo logré! Logré olvidar, por tres minutos y medio, que todo lo que tenía era poco.

A medida que progresó el polvo, me fui poniendo contento. Decidí que a pesar de que mi búsqueda apenas comenzaba, no iba tan mal. Todo lo que había hecho me acercaba a la felicidad absoluta: esa que se escondía más allá de las imponentes nalgas que tenía enfrente. Esa que solo aquellos verdaderamente bendecidos pueden encontrar.

Después nos fuimos al casino... Y allí comenzó la mejor parte de mi vida.

NOTA DEL COMPILADOR
Lo que sigue es la traducción de los mensajes privados intercambiados, vía Twitter, entre la señorita Scarlet y su novio Michael.

@ScarletT45
Q hay?

@Michael31
Aburrido. Extrañándote.

@ScarletT45
Ya llegamos a las Vegas.

@Michael31
Y q tal?

@ScarletT45
No he visto mucho, pero el hotel es impresionante. Hablamos luego. Voy al Casino con mi papá.

@Michael31
OK, manda fotos d culos.

@ScarletT45
Idiota

@Michael31
xoxoxo tu sabes q t amo.

@ScarletT45
Ja ja Gafo. Mucho cuidado. Me voy. Solo tengo WiFi en el cuarto así q no t molestes si no respondo.

@Michael31
Saludos a tu viejo. Q ganen. Muack.

El casino del Hotel Venetian debe tener un kilómetro cuadrado. Lo caminé de arriba abajo, con mi hembra brasilera robando miradas a los lados. Finalmente llegué a la mesa pro de póker (cinco lucas verdes la jugada mínima).

Me senté y, como todo buen jugador, me dispuse a estudiar a mis compañeros de mesa. Frente a mí había dos chinos con trajes imitación de Gucci. A su lado, un ruso con una camisa de seda blanca y el pecho rojo insolado al descubierto. Del otro lado, un gringo de como cien años que se estaba quedando dormido. Frente a él, un barrigón de cincuenta años... Y a su lado...

A su lado... estaba... ella.

Quedé pasmado viendo sus ojos... Me entraron al alma. Mi corazón se agitó más rápido que bebé de craquera y me convencí, de una vez por todas, que había conseguido el camino que buscaba. Mi camino era ella, quienquiera que ella fuera. Esa niña sentada en la mesa pro de póker del Venetian. Ella era mi destino. Para llegar a ella me había hecho millonario y había venido a Las Vegas.

Sin dejar de mirarla cambié cincuenta mil dólares, pero eso no la impresionó. El tipo que jugaba a su lado parecía su padre. Sin duda le habría dado todo lo que quiso desde niña. El dinero no era nada para ella. Y eso era lo que más me gustaba.

Me miró sin interés y se reclinó sobre el hombro del cincuentón. Por un momento pensé algo terrible... ¿Y si no es su padre? ¿Y si es su amante? Si esa niña bella, de acaso veinte años, se entrega a ese asqueroso barrigón por dinero, sería una tragedia. Sería la demostración de que mi vacío es universal, de que mi esperanza de encontrar un amor puro y verdadero es en vano y yo estoy condenado a la soledad. Una soledad llena de nalgas firmes, pero soledad al fin.

Decidí que aún si ese hombre fuese su amante, yo lucharía por ella. Era inevitable. Así tuviese que darle toda mi fortuna y volver a Venezuela a buscar más guisos y más real, lo haría por ella. Por estar junto a ella para siempre. Nada ni nadie me separaría de ella jamás.

La Brasileña se dio cuenta de mi enamoramiento. Me miró interrogante. Era evidente que tenía que deshacerme de ella. Pero su nombre estaba en la lista de la fiesta de swingers, yo no podía entrar sin ella. Necesitaba encontrar un boomerang que se la llevara por un rato, pero la trajera de regreso.

Saqué mi cartera y le di mi tarjeta Cadivi. El gasto máximo anual que el gobierno bolivariano permite a sus habitantes, es de dos mil quinientos dólares. Con esa cantidad no se llega muy lejos. La Brasileña se la llevaría y se compraría alguna que otra porquería, y volvería a pedir más. Así es Cadivi: trabaja para ti, en las buenas y en las malas.

Se fue contenta, y nos quedamos en la mesa: El Barrigón, que podía o no ser el padre de la mujer de mi vida, dos chinos, un ruso, un gringo anciano, ella y yo.

Me tumbaron cinco lucas en la primera jugada, y allí sucedió el milagro: El Barrigón se fue al baño y la dejó, sola para mí, cuidando su silla, aburrida, sin siquiera sospechar que al otro lado de la mesa había un multimillonario dispuesto a darlo todo para conquistarla.

—¿De dónde eres? –pregunté en el inglés machucado que había aprendido en el CVA, cuando todavía era un buen point para sacar culitos a rumbear en Las Mercedes.

—Los Ángeles –dijo, dejándome aún más emocionado.

—¿Eres actriz?

Movió la cabeza negativamente con cierta timidez, como indignada por la pregunta.

Yo calculé: tenía como cuarenta segundos para sacarle el teléfono antes de que volviese El Barrigón.

—¿El señor es tu papá?

—Sí –dijo, y yo respiré profundo.

—¿Qué? ¿Están de vacaciones?

—Sí.

El Barrigón salió del baño y comenzó a caminar de regreso a la mesa. Yo pensé que se podría friquear al ver a su hija hablando con un desconocido venezolano y actué lo más rápido posible.

- Toma mi tarjeta. Mándame un e-mail si necesitan algo.

Ella agarró la tarjeta con un poco de miedo.

—¿Tú vives aquí? –preguntó.

—No, pero conozco un gentío.

—¿De dónde eres?

—Vivo entre Nueva York, Vegas y Caracas. Donde me lleve el trabajo. Soy de Venezuela.

Creo que eso le gustó. Bajó la guardia con su mirada y me dejó tonto con su repentino calor humano. Por primera vez en mi vida, en el momento en el que vi su sonrisa, fui completamente feliz.

El Barrigón y La Brasileña regresaron a la mesa al mismo tiempo. Pensé que a lo mejor habían echado un polvo juntos, y que los pendejos éramos nosotros. Pero rápidamente rechacé tan absurda idea.

La Brasileña había regresado porque le habían rechazado la tarjeta Cadivi. Así es la vida… hermosa. Cadivi, una vez más, funcionaba para mí de manera impecable, rebotando como habían rebotado sus glúteos contra mis caderas… recordándome que nací para triunfar y que nada ni nadie me impediría tener lo que merezco.

Agarré las fichas que me quedaban sin siquiera contar cuánto había perdido. No importaba. En esa mesa, esa noche, yo había sido el ganador.

Me alejé, sonriendo a la mujer de mi vida. Ella guardó mi tarjeta en el bolsillo de su denim y me miró con una complicidad que no dejaba dudas: Ella también sentía que nacimos el uno para el otro y que el tiempo que pasamos separados había terminado para siempre.

La Brasileña y yo nos montamos en una Hummer Limo, a la salida del casino, y nos fuimos para el Palms. Ella se quejó, juguetona, de que la tarjeta no pasó. Dijo que yo lo había hecho a propósito y que era un pichirre. Pero yo no la escuchaba. Solo pensaba en mi amada… Miraba a través de mi ventana un mundo nuevo que celebraba mi felicidad.

El Caesars Palace de Las Vegas… con su coliseo romano… en el que se había hecho grande Muhammad Ali…

El Hotel Mirage… con su volcán entrando en erupción cada quince minutos…

El Hotel Bellagio… con su gigantesca fuente que echa agua a cien metros de altura al ritmo de Beethoven u otro por el estilo…

El Aladdin verdadero… no la imitación balurda de El Rosal…

El Monte Carlo… igualito al que escondía a Lady Di con Dodi Al-Fayed en el primer triunfo del Islam sobre la realeza británica…

El MGM… con el león enorme adornando su fachada…

El NEW YORK - NEW YORK… que tiene una réplica del Empire State y una montaña rusa que circula entre los rascacielos y pasa por el propio lobby…

El Luxor… con la pirámide iluminando al cielo…

El Mandalay Bay… que parece una jaula de oro y tiene tigres que se comen a sus entrenadores alemanes homosexuales…

Toda Las Vegas se rendía a mis pies, no porque tuviese dinero sino porque la tenía a ella… cualquiera que fuese su nombre. Con sus ojos verde marihuana y su sonrisa calmada, nacida para vivir a mi lado, en eterna sabiduría, rasguñando mi alma con sus largas pestañas…

Llegamos a The Palms y tuve que hacer un toque técnico en la vende-paga que compré hace un año. Es un point espectacular, con sesenta televisores que pasan en vivo carreras de todos los hipódromos importantes del mundo. El que quiere apuesta contra nosotros.

El negocio me lo maneja un español que se parece a Fernando Carrillo y al que llaman El Duque. Es un buen tipo. Lo conocí hace un par de años en casa de Miguel Ángel Moratinos, el representante del Comandante en España, y desde entonces nos hicimos amigos.

El Duque salió a recibirme y me abrazó, dijo que todo estaba bajo control. Ese fin de semana se corría el clásico Malibu Stakes en Santa Anita y el cálculo era que nos meteríamos medio millón de dólares, limpios de polvo y paja. Revisé los libros mientras El Duque se buceaba a La Brasileña. Pregunté un par de cositas, vi que todo estaba en orden, y le di un bono de veinte lucas por su honestidad. Nos metimos un par de pases juntos, vimos unas carreras de Tokio o de Seúl, y nos despedimos con mucho cariño.

Esa noche en The Palms tocaba Paul Oakenfold, en una rumba que se llamaba "Perfecto". Yo no le vi mucho de perfecto, la verdad. El man tiene diez años diciendo "the world is mine" y creo que lo que está es pelao. A la electrónica le pasó la misma vaina que al rock: se volvió autoindulgente. La música no puede ser autoindulgente. Es un arte que se basa en compartir sonidos, nadie puede hacer música para sí mismo. Y si la hace que no ladille. "The world is mine". Fuck you, motherfucker. The world is mine, not yours.

A La Brasileña sí le gustaba Oakenfold. Me contó que una vez fue a un rave en Copacabana y que allí, en plena arena, al ritmo de los beats del británico, perdió la virginidad. Era difícil imaginar que esa hembra hubiese sido virgen alguna vez, pero el plan de culear en la arena, todo el mundo lo sabe, es horrible; sea con quien sea.

Me pidió que le consiguiera éxtasis. Se lo pedí al mesonero del VIP y me trajo dos pepas con el logo del Che Guevara. Creo que si me hubiese traído cualquier otra la hubiese rechazado. Pero al Che nunca lo podría rechazar. El pana me había dado todo lo que tenía. Su imagen de justiciero social era también la mía.

¡Hasta la victoria siempre, camarada Che -pensé- me meto esta pepa celebrando tu memoria como incansable héroe de la libertad!

Todos nos debemos al Che. Sin el Che todavía estaríamos trabajando para los gringos, cobrando sueldos de mierda, enriqueciendo a algún portugués o judío capitalista sin ninguna posibilidad de ascenso social. El Che nos dio la libertad y, pase lo que pase, siempre debemos recordarlo. ¡Patria o muerte, venceremos!

La pepa estaba suave, pero al combinarse con el perico que venía metiéndome durante seis horas, me dio taquicardia. Nada fácil. Encima Oakenfold estaba mezclando mal. Tuve que concentrarme duro para no sufrir un infarto. Tomé agua a montones y salí de la rumba a coger aire en el casino. Pero el techo estaba adornado con hongos de fibra de vidrio, y eso me volteó el coco aún más.

Pedí un whisky en el bar, me lo tomé fondo blanco para balancear la vaina y, gracias a Dios y la Virgen, se calmó mi corazón. Respiré hondo, fui al baño, eché una larga meada, y lentamente con alegría noté que me iba quedando con una notica melódica de lo más respetable.

Volví a la rumba y me puse a bailar. Me gocé las caderas de mi actriz brasilera preferida y, ya repotenciado, le sugerí que nos diéramos una vuelta por la fiesta de swingers a ver qué tal. Le pareció excelente idea.

Cogimos el ascensor privado del VIP y llegamos al Playboy Club, un casino en el último piso de The Palms atendido por puras conejitas divinas, con una vista descomunal de toda la ciudad. Pero esta es apenas la versión para el público en general de lo que nosotros vinimos a ver. La fiesta de swingers de The Palms es el secreto mejor guardado de Las Vegas. Me enteré que existía gracias a El Duque. El pana nunca había entrado, pero había pillado el movimiento, y me había pasado el dato.

Entramos a la rumba, a través del Playboy Club, a las cuatro de la mañana. El rollo estaba explotado en pleno: mujeres, hermano... perfectas... en pelotas, caminando por todos lados, tomando shots en la barra, bailando en tubos de acero, en la sala, en las ventanas... arriba, abajo... hembras de película pa'tirá pa'l techo... Todo para unos pocos tipos, los carajos con más conexiones y billete de mi generación. Las buceaban, las culeaban, las gozaban sin remordimiento y sin poder creerse lo que estaban viviendo.

La Brasileña me llevó de la mano a una de las habitaciones. Adentro había cinco mujeres en formación, dando y recibiendo sexo oral. Mi linda carioca quería meterse allí entre ellas: dos rubias, una negra, una pelirroja y una japonesa.

Y así, sin pensarlo y sin invitación, La Brasileña comenzó a desnudarse lentamente frente a ellas. La japonesa la miró, se la buceó de arriba abajo, dejó de mamarle la cuca a la pelirroja y se le acercó para terminar de desvestirla.

Yo no podía creer lo que veía. Era la formación de belleza femenina más espectacular que hombre alguno podía imaginar. Me quedé inmóvil, babeando, en shock, a punto de llorar de la alegría, respirando el aroma sexual más internacional que recuerdo haber sentido desde que nací.

La Brasileña se unió al combo. La japonesa se lanzó a lamerle el bollo mientras ella le mamaba las tetas a una de las catiras más hermosas de la tierra.

La negra debe haber visto mi cara e'pasmado porque me señaló y se cagó de la risa. Todas interrumpieron su faena para verme. Yo no sabía qué hacer. Tenía a los colores unidos de Benetton, en pelotas, mirándome desde una cama. Me provocaba ponerme a cantar una vaina de la Diosa Canales. ¡Tanga, tanga, tanga!

Mi Brasileña me presentó con nombre y apellido y comenzaron a desvestirme. En segundos caí sobre la cama y entre todas, sin exagerar, comenzaron a mamarme el güevo. Seis bocas de todos los colores se repartían el palo, las bolas, el caminito bajo las bolas… Todo mi sexo fue devorado por una orquesta de diosas.

Las dos catiras me pelaron el culo mientras mamaban. Abrí los brazos, les acaricié las nalgas y les comencé a meter el dedo a las dos de manera simultánea.

La pelirroja se cansó de compartir con las demás y se me sentó encima. Bebí de su vello púbico rojizo y tuve que hacer un esfuerzo sobrehumano para no venirme en leche.

Me senté sobre la cama y pedí pausa. Se cagaron de la risa y siguieron gozando entre ellas.

Me armé de valor y volví a la acción. Penetré a la pelirroja por detrás mientras ella besaba a una rubia acostaba bajo su cuerpo. La japonesa me pegó sus senos a la boca para que se los lamiera. La negra acarició mi espalda con sus pezones y yo…

Yo comencé a pensar en ella…

Sí… Tenía el paraíso femenino a mis pies… Y me puse a pensar en ella. Y no pude dejar de pensar en ella más nunca. Esa cuasi menor californiana, cuyo nombre desconocía, pero cuyo e-mail llegaría, tarde o temprano…

Ella detendría este maremoto de sensualidad desordenada… Abriría el mar Rojo y me daría paso a mí, el profeta Moisés. Yo liberaría al pueblo elegido y lo llevaría a esa tierra prometida que solo puede encontrarse en el amor desinteresado… ese que sin duda ella guarda para mí.

EL AMOR

Salí de la fiesta de swingers físicamente satisfecho pero deprimido. La Brasileña se fue con un príncipe árabe que le prometió un yate. Yo me fui directo al aeropuerto. Me monté en el Challenger 300 y le pedí al piloto que me llevara a Nueva York, mi ciudad preferida.

El avión despegó con el amanecer y yo lloré. Lloré porque estaba solo. O más bien, en realidad, lloré porque se me había acabado el perico y la resaca me recordaba que estaba solo.

En ese momento pensaba que ella no escribiría. Posiblemente ya se había olvidado de mí. Estaba condenado a pasar mi vida con actrices brasileras que me abandonarían por príncipes y yates…

Por primera vez en mi vida pensé en el suicidio. Obvio que no en el suicidio inmediato; si decidiese matarme, primero me rumbearía los reales, que eran muchos, y para mucho rendirían. Pero sí, pensé que quizá no valía la pena esta existencia vacía de contenido, carente de objetivo, en la que todo giraba alrededor del dinero y la sensualidad. Pensé que quizá me había equivocado al irme por el dinero fácil. Pero de inmediato recordé los tiempos en los que había pelado bola. Recordé a los panas caraqueños que todavía pelaban bola, marchando y tuiteando contra la revolución, como propios pendejos, y se me quitó la depre. Me cagué de la risa. Recliné mi asiento. Saqué mi iPad, lo encendí, y en ese instante llegó su e-mail:

Hi Juan,
We met in Vegas last night, at the poker table. Hit me if you are ever in LA.
Amor
Scarlet

Hola Juan,
Nos conocimos en Vegas anoche, en la mesa de poker. Avísame si algún día vienes a LA.
Amor
Scarlet

Puso la palabra AMOR en español.

¡AMOR!

Yo aquí elucubrando paja sobre el amor, reflexionando sobre cómo lo único que me falta es el amor, y la jeva me la canta así, mantequilla: ¡Amor! No dijo "Love". Pudo haber dicho "Love". Pero los gringos se dicen "I love you, man", entre amigos. No es lo mismo. Love es Love, y Amor es Amor. Nuestra unión era ya definitiva.

Hola Scarlet –escribí–. Estoy en el avión, volando hacia Nueva York, pero si quieres venir conmigo, te recojo en Vegas o en LA.
Amor
Juan

NOTA DEL COMPILADOR

Lo que sigue es la traducción de los mensajes privados intercambiados, vía Twitter, entre la señorita Scarlet y su amiga Zoe.

@ScarletT45
Necesito tu ayuda.

> @Zoe23
> Cómo t fue con el gordo?

@ScarletT45
Horrible. Fue como 2 horas. Mil posiciones. Un asco.

> @Zoe23
> 8 mil dólares, q remedio. Nadie dijo q sería fácil.

@ScarletT45
Lo bueno s q conocí a un chico q sí me gustó. En la mesa de Poker.

> @Zoe23
> En serio??? Y el Gordo no se dio cuenta?

@ScarletT45
Había ido al baño. Le dije al chico q el gordo era mi papá y me creyó. Q pena!

> @Zoe23
> Y d dónde es?

@ScarletT45
Es de Argentina o Colombia, un lugar de esos. Tiene avión privado. Me quiere venir a buscar para ir a NY!

> @Zoe23
> No puede ser! Yo puedo si tú no quieres o no puedes!

@ScarletT45
Idiota, no te estoy ofreciendo un trabajo. Te estoy preguntando si tú crees q debería ir. Ni siquiera lo conozco.

@Zoe23
Mhhhhmmm Obvio! Los psicópatas generalmente no tienen aviones privados :)

@ScarletT45
Jajaja cierto. Déjame ver q hago.

Pasaron quince minutos desde que mandé el e-mail. Fueron los quince minutos más largos de mi vida. ¿Cómo me atrevía yo a invitarla a NY si apenas la conocía? Era una niña de familia, apenas habría cumplido la mayoría de edad. Seguro iba a una de las mejores universidades del mundo, sin duda estaría horrorizada de mi ofrecimiento.

Comencé a escribir un nuevo e-mail, disculpándome. Y estaba a punto de mandarlo, cuando llegó otro:

Estoy saliendo para LA. Si me buscas en la noche, puedo ir contigo a NY.
S.

"S"... Scarlet, mi princesa escarlata... me espera... y evidentemente sabe que no hay tiempo que perder.

Llevábamos un par de horas de vuelo, ya íbamos por Colorado. Pero sin pensarlo ordené al piloto dar vuelta al avión y seguir rumbo a LA…

Aterrizamos a las tres de la tarde en el aeropuerto de Burbank. Ella no estaría lista hasta las ocho, por lo que yo tenía varias horas que quemar. Así que me fui al Chateau Marmont.

El Chateau Marmont es una especie de institución en Hollywood. Allí murió John Belushi de una sobredosis de tranquilizantes. Allí se partió la espalda Jim Morrison por andar payaseando en un balcón. Allí vivieron Keanu Reeves, James Dean, Greta Garbo y Elizabeth Taylor. Allí se mató Helmut Newton, el fotógrafo preferido de Fidel. Allí tuvo un paro cardíaco Scott Fitzgerald. En el Chateau Marmont está inspirada la canción "Hotel California" de The Eagles.

Lo bueno es que el hotel no ha perdido importancia con el tiempo, y basta ir al restaurante de la terraza para ver una que otra celebridad.

No es fácil entrar al Chateau. A mí me reciben porque desde hace un par de años se rumorea en Hollywood que tengo dinero y soy un potencial inversionista para películas independientes. El rumor lo regó Oliver Stone después de una rumba que nos tiramos en Venecia.

Apenas entré me encontré a Almodóvar hangeando con Laura Bickford, la productora de la peli del "Che" de Benicio del Toro. Laura es una rubia súper elegante a quien conocí en el Nuevo Circo de Caracas cuando presentaron esa película. Era un buen grupito para pasar unas horas.

Hablamos de esto y lo otro. Llegó uno de los de "Piratas del Caribe". No Johnny Depp, sino el otro; el que sale en "El señor de los anillos" y se casó con un culito modelo.

Las horas siguieron pasando. Llegó Dustin Hoffman con el papá de Ben Stiller. Llegó el man de "300" que gritaba ¡¡¡SPARTAAAA!!! Y así entraron y salieron una constelación de estrellas mayores y menores, y todas pasaron a saludar a Almodóvar como si se tratara de Dios.

La verdad nunca he visto una película de Almodóvar. A mí me gusta el cine gringo, lo demás me aburre. Y ni hablar del cine venezolano. ¡Qué vaina tan mala! Una vez me tocó ir a la premier de "Zamora" en el Teresa Carreño. Me senté a dos filas del Comandante, y estoy casi seguro de que se quedó dormido. Al terminar se sintió culpable por el camarón que echó, y le volvió a aprobar un dineral al director para que siguiera haciendo películas. Si el Comandante hubiese visto "Zamora" lo manda a fusilar. Encima el director es adeco. Todo mal.

Tomé sopita. Tomé té. Pero no me tomé ni un trago. Me tenía que preparar para mi cita de la noche.

A medida que pasaron las horas, la gente que vino se fue, y yo fui el único güevón que quedó para pagar la cuenta. ¡Novecientos dólares! Esta gente de Hollywood vive de la pantalla, pero en el fondo todos están pelando.

Pagué mi vaina y me fui. Le pedí al chofer que diera una vuelta por Sunset Boulevard, la legendaria calle que une a Hollywood con Beverly Hills.

Un pana me había dicho que en Los Ángeles hay más dispensarios de marihuana que McDonald's. Yo no le creí pero me bastó con dar una vuelta por Sunset para comprobar que era así. Es una maravilla. Uno los reconoce por la cruz verde iluminada en la puerta. Marihuana por todos lados, legal. Hay hasta vallas publicitarias que promueven el consumo de monte.

El chofer me explicó que los dispensarios solo requieren que uno diga que tiene dolor de cabeza para que te den un carnet, válido por un año, que te permite comprar toda la hierba que necesites para uso personal.

Así es el mundo... Miles muriendo en México por la guerra contra las drogas y, mientras tanto, el estado más importante de Estados Unidos fuma monte legal. El que le encuentre coherencia a esa vaina que me lo diga. Por eso uno no se puede estar matando por las leyes. Si las respetas o las violas no importa, total casi todas son temporales. Lo que importa es que no te agarren.

Scarlet vivía en West Hollywood, como a diez minutos del Chateau. La recogieron y me mandaron un texto confirmando que estaba en camino hacia el aeropuerto. Mi corazón parecía un solo de tambor urbano. ¿Cómo había podido ocurrir todo esto de manera tan rápida? Hace apenas doce horas yo lloraba por mi inevitable soledad y ahora estaba en un Lincoln Town Car y ella en otro, rumbo al mismo avión para nuestra primera cita.

Me encomendé a la Virgen del Carmen, a San Miguel Arcángel, a Changó y a Maria Lionza. También le pedí a José

Gregorio para que me diese salud, pues el ratón y la viajadera amenazaban con resfriarme.

Llegué al aeropuerto de Burbank y pedí acceso al avión lo antes posible. La tripulación siempre se encarga de limpiar los asientos para evitar cualquier rastro de perico o cualquier otra vaina que me pudiese meter en peos con las autoridades del imperio. Pero lo que no limpiaban a veces eran los rastros femeninos: pinturas de labios, pulseras, carteras, dibujitos, prendas de vestir, perfumes... cualquiera de esas vainas que podían delatarme. No quería que Scarlet sintiera que era una más entre las muchas amantes de un playboy. Este debía ser el inicio de una relación seria y yo me debía mostrar como un profesional responsable, que no está acostumbrado a este tipo de encuentros fortuitos.

Ojo, también es cierto que culo bueno atrae culo bueno. Pero mis intenciones con Scarlet eran mucho más formales. Hacerle el amor era mi menor preocupación. Había penetrado seis mujeres de razas diferentes en las últimas horas, lo último que estaba en mi mente era desnudarla. Yo la quería para toda la vida. La quería conocer. Quería establecer esa comunión de almas en la que se oculta la felicidad, y que no tiene nada que ver con el sexo.

Apenas terminé de limpiar el avión, me llegó el texto del chofer: Scarlet llegó al aeropuerto. El momento más importante de mi vida estaba a punto de comenzar.

NOTA DEL COMPILADOR

Lo que sigue es la traducción de los mensajes privados intercambiados, vía Twitter, entre la señorita Scarlet y su novio Michael.

@ScarletT45
Hola amor.

> @Michael31
> Hola Bella.

@ScarletT45
Mi papá ganó anoche, nos vamos a quedar un par de días más en Vegas.

> @Michael31
> En serio? Q mal!

@ScarletT45
P q??? Deberías alegrarte por él!!!

> @Michael31
> Es q t tenía 1 sorpresa para sta noche.

@ScarletT45
Q lindo. Guárdala unos días.

> @Michael31
> Mmmmmm. Te extraño.

@ScarletT45
Yo también. Te tengo q dejar. Voy entrando a 1 show de Cirque du Soleil.

> @Michael31
> Cuál?

@ScarletT45
Ka

@Michael31
Mejor es Zumanity, más sexy.

@ScarletT45
Hablamos luego.

@Michael31
Me extrañas?

Bajé del avión a recibirla. Salió del Lincoln Town Car con una maleta mediana Burberry de lo más coqueta. Tenía un sobretodo gris Dolce & Gabbana, una bufanda verde Valentino, y un traje blanco Prada de dos piezas. Caminó hacia mí despacio pero decidida, sobre unos enormes tacones blancos con incrustaciones rojas rojitas, de Christian Louboutin.

Parecía una súper modelo. Era la mujer que merecía. Una mujer de buen gusto que había nacido para este estilo de vida. Una mujer de mundo, no como las misses chaborras nuestras. Una dama como la soñó mi señora madre, Cristina del Carmen de Planchard, para su muchacho mimado del Cafetal.

Se veía más rubia bajo las luces del aeropuerto y eso me gustó. Se acercó sonriendo con timidez. Estrechó mi mano.

—Esto es tan raro –dijo como disculpándose por el atrevimiento de estar aquí.

Besé su mano como buen caballero:

—Nada es raro si se siente bien. Bienvenida.

Sonrió agradecida. Le señalé las escaleras que subían al avión, y sin soltar su mano la llevé hacia ellas. Al tenerla a mi lado sentí el inconfundible aroma de CH de Carolina Herrera. Debo reconocer que nunca me ha gustado Carolina Herrera. Siento que representa a esa oligarquía blanca, apátrida, esnobista, que dio sus espaldas al pueblo y llevó a Venezuela a la ruina. Pero en Scarlet todo estaba bien. Si ella quería oler a Carolina Herrera, pues ese era el olor que yo quería respirar en ella. Estaba aquí para servirle como esclavo. Mi ser, mi todo, mi amada inmortal.

Se sentó en la segunda fila, donde normalmente me siento yo. Y así lo percibí, como si el trono de mi reino hubiese cambiado de dueño. Ya mi vida no se trataba de mí. Se trataba de Scarlet, con sus largas pestañas y su sonrisa cómplice y tímida.

La tripulación se le presentó y le ofreció Prosecco. Lo aceptó con alegría. Intercambiamos miradas mientras la nave se preparaba para el despegue. Yo estaba desesperado por hablar con ella, quería decirle que toda mi vida había esperado su llegada. Pero ella me calmaba con sus ojos. "No hay apuro", decían sus pupilas… "Despeguemos. Las cosas que quieres decirme no deben ser dichas en tierra".

Y así fue, despegamos… subimos… pasamos por las nubes, admiramos desde arriba las desérticas montañas que rodean la ciudad de Los Ángeles, alcanzamos velocidad crucero… y sin que yo lo pidiese, tomando el mando de nuestros tiempos, desabrochó su cinturón de seguridad y cruzó la nave hasta encontrar el asiento vacío frente al mío.

—¿Estoy secuestrada? –preguntó con su inglés californiano exquisito.

—Estamos –respondí sin estrategia, hablando desde el corazón.

—¿Y quién nos secuestró? –dijo sonriendo, para seguir con el juego.

—No lo sé –susurré–, pero espero que nadie nos venga a liberar.

Sacudió la cabeza como celebrando esta locura. Estaba a bordo de un Challenger 300 de veinticinco millones de dólares y, era evidente, se sentía en casa con su marido.

—Tengo que estar un par de días en Nueva York –añadí–, después podemos ir a donde tú quieras.

Miró alrededor, como evaluando la oferta.

—¿Aquí? –preguntó.

Yo afirmé con un gesto.

—¿Y esto a dónde llega? –inquirió sin exceso de coquetería.

—Desde Nueva York hasta Europa. Desde Europa hasta casi todo el mundo.

—Y tú… ¿dijiste que eres de Argentina?

—Venezuela.

—Disculpa.

—No hay problema.

Me estudió por un momento y me dio las reglas del juego:

—No preguntaré qué haces. Ni a dónde vamos. Ni dónde dormiremos. Solo quiero saber si eso que siento es cierto.

—¿Qué sientes? –pregunté, asomando más ansiedad de la que debía.

—Eso que tú sientes –respondió.

—Eso…

—Tampoco hablaremos de eso.

—Perfecto.

Hizo un silencio, respiró hondo y sentenció:

—No quiero hacer el amor hasta que nos amemos.

Sonreí, nervioso. ¡Qué frase tan maravillosa! Llevaba oculta la promesa del amor y el rechazo al deseo sin contenido. ¿Para qué tener sexo ahora, cuando podemos hacer el amor en unos días? Vaya concepto… Elegante, necesario…

Scarlet había llegado poniendo reglas, tomando el trono… yo ya era para siempre suyo, hasta que la muerte nos separe.

EL CULO DE GADAFI

Aterrizamos en el aeropuerto de LaGuardia en Nueva York, a eso de las dos de la mañana. Cogimos un helicóptero Sikorsky S-92, un poco vulgar para mi gusto (pero era lo que había disponible) y sobrevolamos Manhattan... Esa maravilla arquitectónica con la que la humanidad intenta acariciar el cielo. Dimos media vuelta alrededor de la torre Chrysler, pasamos al lado del Empire State, bajamos lo más posible hasta el Hudson River y lo rozamos bordeando Midtown, Chelsea, Tribeca, Battery Park, visitamos la Estatua de la Libertad y seguimos hacia el Lower East Side.

Finalmente aterrizamos en la orilla, en pleno muelle del East River, en un helipuerto exclusivo, a la altura de la calle 34.

Mi apartamento en Manhattan queda en el Museum Tower, en la calle 53, entre Quinta y Sexta Avenida. Se llama Museum Tower porque es la torre del Museo de Arte Moderno (MoMA). Yo no sé mucho de arte, y la verdad es que después de un año viviendo ahí, nunca he entrado al museo. Pero sé que tiene vainas de Picasso, Van Gogh, Dalí, Monet, Chagall, Kandinsky... y eso le da full valor al edificio. Parte de la colección de la camarada Patty Cisneros está también aquí. Y yo, gracias al sabio y oportuno consejo de mi adorada amiga Vera Góldiger, la gringa bolivariana, había conseguido un apartamento de tres cuartos que estaban rematando, porque el banco se lo había quitado al dueño. Así fue que un hogar dulce hogar, que normalmente costaría cuatro millones, yo lo coroné por un millón novecientos...

Esto y mucho más se lo debo a la Góldiger. Sin duda hablaremos de ella más adelante.

El valet movió la puerta giratoria con sus guantes blancos, y Scarlet cruzó el lobby como si este ya fuese su palacio. Subimos al piso 35, llegamos a la puerta de mi apartamento y antes de abrir me disculpé:

—Todavía estoy remodelando, perdona si hay algunas cosas sin terminar.

Ella sonrió con ironía. Puede que sea una niña acostumbrada al buen gusto pero, debía admitirlo, entre el viaje en jet privado, el paseo en helicóptero y el apartamento en la Quinta Avenida, nuestra primera cita iba muy bien.

Abrí la puerta y mi pequeño tesoro se iluminó... Las ventanas panorámicas mostraban la zona sur de Central Park. Hasta el más valiente de los guerrilleros quedaría sin aliento ante esa vista. Estábamos, sin duda, en el corazón del imperio. El epicentro de todo. El punto medio de la cruz de Cristo. El Aleph de la civilización occidental.

NOTA DEL COMPILADOR
Lo que sigue es la traducción de los mensajes privados intercambiados, vía Twitter, entre la señorita Scarlet y su amiga Zoe.

@ScarletT45
Esto s una locura.

@Zoe23
Cuenta!!!!

@ScarletT45
Avión, helicóptero, apartamento d lujo en Manhattan, este tipo tiene todo!!!

@Zoe23
Cuánto le vas a cobrar????

@ScarletT45
No s así.

@Zoe23
De q hablas???

@ScarletT45
No creo q le cobre : (

@Zoe23
Qué?????!!!!!!!!!

@ScarletT45
El no sospecha nada. No puedo. No quiero.

@Zoe23
Estás loca! Debe tener millones. Le puedes cobrar 50 mil por la semana y ni se daría cuenta!!!

@ScarletT45
Es diferente, Zoe. No estoy trabajando. Ni siquiera hemos tenido sexo.

@Zoe23
Tienes novio, Scar, no seas imbécil. Michael t adora. Este indio t quiere por unos días. Si no le sacas $$$ t quedarás sin nada.

@ScarletT45
Bueno, déjame ver q hago. No es indio. Es bello.

@Zoe23
No seas infantil. A mí también me ha pasado. No pierdas foco. Él ya sabe. Ninguna mujer normal se monta en avión con un desconocido!

@ScarletT45
Está enamorado de mí.

@Zoe23
Cásate entonces. Haz lo que tengas que hacer pero no sueltes ese cochinito.

Entró a mi ducha de masajes y se bañó durante horas. Yo me arrebaté suavecito con mi vaporizador Volcano, el mejor invento de la ciencia médica: si no lo tiene, ¡cómprelo ya! Te permite respirar vapor, no humo, sino vapor de marihuana. Es la vaina más sana del mundo porque no quema a la planta, solo le quita el juguito, el THC, que es el que te da la nota. Y es una nota súper ejecutiva. Nada de risitas pendejas. Monte para gente seria.

Salió de la ducha en una dormilona de John Galliano azul eléctrica con rostros de payasos. Le indiqué dónde estaba el cuarto de visita y le encantó que se lo ofreciera, demostraba que era respetuoso y estaba dispuesto a seguir sus reglas.

Se sentó a mi lado y le dio un par de hits al vaporizador. Disfrutó de la vista unos minutos. Luego agradeció mi cordialidad, dijo que estaba cansada y que se iba dormir a su cuarto. Besé su mano y le deseé dulces sueños. Se retiró con lentitud, yo contemplé sus delicados pies descalzos acariciando mi alfombra blanca de Armani/Casa… Hasta que desapareció tras la puerta del cuarto de visita.

Me quedé vaporizado viendo las luces nocturnas y, por primera vez en años, agradecí genuinamente a Dios.

Desde que comencé a hacer negocios revolucionarios he vivido con remordimiento. Yo no soy militar, no he nacido para esto. Mi padre es profesor jubilado de la UCV y mi madre maestra de una escuela primaria. Se mataron toda la vida trabajando con honestidad para que yo pudiese ir a la universidad. Yo me gradué de administración en la UniMet y conseguí trabajo en Procter. Me pagaban mil dólares mensuales. Tenía todo para seguir una carrera en el mundo de las corporaciones. Pero no. No podía evitar sentir que era demasiado absurdo trabajar para que otro hiciese dinero. Despertarse a las seis de la mañana, llegar a la casa en la noche, trabajar y trabajar, por un sueldo miserable que te paga una corporación que al año hace billones de dólares en ganancia. Es una de las vainas más absurdas del mundo.

Mucha gente dice que el venezolano es flojo. Pero el sueldo mínimo en Venezuela está alrededor de los doscientos dólares mensuales. ¿Cómo carajo se le puede pedir a una persona, medianamente normal, que trabaje todo el día, todo el mes, por una cantidad de dinero que nunca le va a alcanzar para vivir? El venezolano no es flojo, lo que tiene es sentido común. Con sueldos tan bajos es absurdo ser empleado y el que lo hace es un idiota. Sobre todo habiendo tantas opciones para hacer dinero en ese país. Aun sin tener contactos en el gobierno se puede hacer mucho billete. Con secuestrar un carajito del Este y pedir cien mil dólares, ganas lo que ganarías en quinientos meses de salario mínimo, casi cuarenta y dos años de trabajo. No tienes ni que hacerle daño al carajito. Lo guardas unas horas y cobras. Cuando lo devuelves, la familia hasta te lo agradece. Porque cien mil dólares para esa gente no es nada. Porque ellos no trabajan a sueldo mínimo, ni siquiera trabajan en Procter... Ellos trabajan en guisos, como cualquier venezolano medianamente sensato.

La naturaleza está llena de animales que buscan su propia supervivencia y nadie la anda juzgando, ni la tilda de amoral. El que quiera ser honesto que lo disfrute, pero que no se venga a quejar después cuando esté pelando, y que no venga a criticar…

Agradecí a Dios por todo lo que me había enseñado. Durante tres años me había vuelto loco por producir dinero. En tres años había resuelto el problema y había aprendido la lección más importante que ser humano alguno puede aprender: el dinero no lo es todo en la vida. Y como si el universo fuese mi guía espiritual personal, Dios me había puesto a Scarlet en el camino.

¿Quién era Scarlet? ¿Qué hacía Scarlet? ¿Por qué se había venido conmigo a NY? Nada de eso importaba. Lo que importaba era lo que me había hecho sentir... me había liberado del vacío. Me había llenado. Me había hecho un ser humano.

Nos despertamos cerca de las once de la mañana, por aquello del cambio de horario. Caminamos juntos un par de cuadras y llegamos a desayunar en la Petrossian Boutique & Cafe. Ella vestía un abrigo de Gucci. Tenía unos leggings de colores que dejaban adivinar la forma de unos muslos tonificados por largas horas en el gimnasio. Todo prometía.

Yo anoche sufría ante el terror de una soledad llena de nalgas firmes. Hoy estaba lleno de amor, y parecía que con todo y amor, las nalgas firmes seguirían siendo parte de mi vida.

Desayunamos bagels con salmón y caviar, croissants de chocolate, jugo de naranja, café colombiano (no había Venezolano).

—¿Qué quieres hacer? –le pregunté.

—Es mi primera vez en Nueva York –dijo, a manera de confesión.

—¿Quieres que te dé un tour?

—Quiero verlo todo... y quiero ir a la Ópera.

—¿La Ópera?

Yo había escuchado que la ópera quedaba por ahí cerca. Saqué mi iPhone, le pedí a Siri, la asistente personal que me dejó Steve Jobs antes de morir, que averiguara qué había en la Ópera Metropolitana esa noche y me dijo "Il Postino", con Plácido Domingo como Pablo Neruda. ¡Neruda! Uno de mis grandes héroes revolucionarios. El poeta, premio Nobel, que murió de tristeza por el golpe del imperio contra Allende... Y ahora yo podía disfrutar de sus letras, gracias a la revolución, en plena Metropolitan Opera. Compré dos tickets por cuatrocientos dólares.

Se puso contenta. Me preguntó si conocía a Dudamel ("son del mismo país, ¿no?"). Le dije que sí y me lancé a elogiar a Dudamel... Aunque la verdad es que no aguanto al tipo. No dudo que haya hecho mucho por los niños y por exaltar la imagen de la revolución en el mundo entero, pero no me lo calo. Es un guaro. Un guaro tan egocéntrico que se regodea en su sencillez. Que sea bueno o malo en lo suyo, es lo de menos. Lo único que hace es mover la batuta y la melena, ni siquiera es compositor. Estoy convencido de que no es más que otro fenómeno de marketing diseñado por el imperio para musicalizar la lucha del proletariado, como Calle 13. Aunque Calle 13 es vacilón. Pero son lo mismo. Celebran a la izquierda desde los poderes imperiales. Uno quiere meter lo más esnobista de la academia europea en los barrios; el otro, su música yankee con discurso revolucionario cobrado en dólares. Lo peor fue cuando tocaron juntos en el Grammy Latino, desde Las Vegas, por el canal del camarada Cisneros. Descarados es lo que son.

Scarlet me contó que estudiaba Psicología en la UCLA. Había modelado en un par de photoshoots, pero no le gustaba el show business. Me dijo que siempre había querido ir a Venezuela. La invité. Le dije que nadie podía enseñarle Venezuela como yo. Le hablé del Salto Ángel, la Gran Sabana, Los Roques…

Me dijo que a ella le gustaba el Comandante, porque le había dicho a Bush que olía a azufre. Le dije que a lo mejor se lo podía presentar... Dependía de su estado de salud. "¿Es verdad que se está muriendo?", preguntó. Le dije que no, "eso son rumores de enemigos". Ahora es que queda revolución, "hasta el 2041".

De allí nos fuimos a Columbus Circle en Central Park. Le mostré la estatua de Bolívar, le expliqué quién era, pero no me entendió. La verdad es que yo tampoco entiendo mucho. Bolívar era un blanco oligarca que puso a sus negros esclavos a pelear con los españoles porque no quería pagar impuestos. ¿Qué tiene eso de heroico?

Luego subimos al Empire State y vimos la ciudad desde arriba. Después pasamos por el hueco donde estaban las torres gemelas antes de que se las volaran. Almorzamos sushi en Nobu. Saludamos al chef Matsuhisa y a uno de los dueños, George Pérez, un cubano muy pana que conocí una vez en una rumbita en Saint Martin. Pérez nos invitó un par de tragos y elogió la belleza de Scarlet, a quien presenté por primera vez como la mujer de mi vida. Scarlet se sonrojó, pero sé que le llegó al alma. Ella sabía que yo no exageraba. Sabía que todo indicaba que íbamos en esa dirección.

En la tarde me tuve que ir a una reunión. Un pana estaba tratando de sacar dos palos y medio de dólares en efectivo de Venezuela y me pidió que lo ayudara. Le di a Scarlet mi tarjeta de crédito gringa y le pedí un taxi para que la llevara a la Quinta Avenida.

—Cómprate el vestido que quieras para esta noche –le dije–, te busco a las siete y media para que vayamos a la Ópera.

Yo agarré otro taxi rumbo a Chelsea, que era donde vivía el pana. Desde el taxi llamé a la Góldiger:

—Vera.

—Juancito.

—¿Cómo andas?

—Bien, bien. ¿Ya estás Nueva York? –machucó en su limitado español.

—Sí, voy llegando a casa del pana.

—Llámate a Molina… yo más menos expliqué y me prometió que te va a ayudar.

—Buenísimo.

—Después cuadramos lo nuestro.

Llegué a casa del pana en un edificio burda de loco de cristales diseñado por Frank Gehry cerca del Chelsea High Line. El tipo se llama Eduardo Duarte y vive en un penthouse con vista al Hudson River, al lado del edificio de la agencia de noticias Reuters.

Duarte tiene burda de mérito: se fue del país con una beca de Fundayacucho para estudiar Ingeniería en la Universidad de Columbia, pero le cortaron los reales a mitad de carrera por el cambio de gobierno. El pana pudo haber tirado la toalla y regresarse al país; pero no, decidió quedarse y echarle bola. Abrió una arepera en Forrest Hills en Queens y se la jugó. Fue ganando unos dolarcitos pelo a pelo, friendo harina Pan para neoyorquinos millonarios a quienes no les importaba pagar quince dólares por una reina pepeada.

Lo cierto es que cuando comenzaron los guisos con las tarjetas de crédito de Cadivi, Eduardo comenzó a prestar su punto en la arepera. Y por allí se pasaron miles de tarjetas. A cuatro mil dólares el cupo anual de ese entonces, Eduardo terminó facturando dos millones de dólares en dos años. Con ese capital montó una agencia de viajes que llevaba gente a Aruba por el día, con tal de que le diesen su cupo de Cadivi… Y así hizo como cinco palos más.

Tenía tiempo que no hablaba con él. No sabía a qué se estaba dedicando desde que bajaron los cupos y cerraron ese chorro. Lo cierto es que me había llamado para que lo ayudara con el beta del cash, y me ofreció trescientos mil dólares por la diligencia.

Llegué y vi que tenía una pequeña rumbita en su casa: un display, unos culitos, unas bolsas. Nada del otro mundo pero full calidad. Me di unos toquecitos suaves para no perder la costumbre y celebrar con él. Me ofreció una de las jevas, pero le dije que estaba empepado por una gringa y no iba pendiente.

Entramos a su oficina y le pedí el teléfono. Llamé al coronel Molina, a quien nunca había conocido personalmente.

Era uno de los contactos de la Góldiger en la aduana y le había hecho un par de trabajitos.

Cuando Molina contestó estaba en el yate de Aristóbulo ruleteando por La Tortuga. Me dijo que iba a averiguar. Le dije que era urgente y se cagó de la risa: "Dos millones y medio no es nada urgente, catire, deja la mariquera".

Esperamos cinco minutos. Eduardo me contó que acababa de llegar de Caracas y que ahí había un gentío friqueado por lo de Gadafi. El tipo lo tenía todo y terminó con un palo metido por el culo, humillado ante todo el mundo. Esa vaina no podía ser.

Lo tranquilicé:

—Gadafi se jodió porque confió en los europeos y les dio sus reales. ¿Y qué pasó? Le congelaron las cuentas apenas comenzó la guerra civil... se quedó sin cash y así es muy jodido gobernar. Pero ya el Comandante aprendió y se está trayendo las reservas pa'Caracas. ¡Hasta el oro se lo trajo! En el peor de los casos, cada quien agarra unos lingotes y pira. Pero a nadie le van a meter un palo por el culo. Olvídate de eso.

—Igual hay que apurarse, bro –dijo con profunda preocupación–. Yo ando pendiente de montarme en dos dígitos en cash el próximo año, antes de que termine el 2012. Hay muchos duros conspirando y en lo que se apoderen de esa vaina se acabó la mantequilla, lo que tienes es lo que tendrás...

—Te tienes que diversificar, pana. Yo tengo una vende-paga en Las Vegas que me está dando casi tanto real como Venezuela.

—¿En serio?

—De bien.

—Suena buena esa. A lo mejor me meto en un peo con unos restaurantes. No vayas a creer, yo lo he pensado. Lo que pasa es que caga, todo el trabajo que eso significa.

—No vale, bro. Tú pagas lo que le tengas que pagar a un gerente y no te preocupas por nada. Te roban un pelo pero es parte del precio por tu tranquilidad.

Sonó el teléfono. Eduardo contestó en speaker. Era Molina.

—Catire, acaban de decomisar un container con Nintendos o Xbox, una vaina de esas, que venían sin permiso. Ochenta aparaticos. Si pueden meter los reales en esas cajas, se los mando.

Eduardo pensó por un instante. Lo miré esperando respuesta.

—¿Catire?

—Sí, maestro. Estoy aquí con el pana y lo está pensando.

—Pues que no lo piense mucho porque eso tiene que salir mañana en la mañana.

—¿Y tú crees que dos palos y medio caben en esas cajas?

—Dos no creo, pero me vas a dar uno, ¿no?

Eduardo tragó fuerte y amargo. Me hizo señas para que lo bajara.

—¿Uno completo, Molina?

—Coño, güevón, yo estoy en la playa. Si me vas a hacer trabajar no puede ser por menos.

—Pero es que la vaina no es pa'mí.

—¿Entonces pa qué me molestas?

—Ponlo en seiscientos, pues.

—Imagínate tú, te estoy poniendo las cajas, el container, el servicio, el permiso, el personal, y me vas a dar seiscientos mil. No joda.

—Ochocientos y vamos fino.

—Dale pues, pa'que no ladilles más. Anótate este número.

Molina nos dio el número del tipo que haría la diligencia. Le dimos las gracias. Eduardo me dijo que me quedara con los doscientos que negocié, más trescientos mil por el servicio, como habíamos quedado. Estaba golpeado por la negociación. Había tenido que soltar más de un palo para quedarse con un pelo más de un palo y medio.

—La vaina no es como antes –dijo–, todo el mundo se quiere mojar demasiado. Es muy jodido ver la ganancia así.

—Si quieres busca otra opción.

—No pana, tranquilo. Tengo días en esto. Y ese tipo se ve que resuelve.

No se habló más de negocios. Con comisión o sin ella… en la revolución el dinero fluye... hay para todos. El temor de Eduardo de que se acabe la fiesta está poco justificado. Todos sabemos que las elecciones no se perderán. Y la enfermedad... bueno... ese es el culillo, pero nada se puede hacer. Está en manos de Dios. Y Dios, hasta ahora, ha demostrado ser revolucionario.

Volvimos a la rumbita, retocamos la nariz con un par de pasecitos y nos despedimos.

NALGADAS EN NUEVA YORK

Atardecía en Manhattan. Un taxi me llevaba hacia mi amada y yo gozaba imaginando: ¿qué vestido se habría comprado? ¿Qué imagen vería al llegar a mi hogar? Nada importaban los Xbox llenos de billete que sacarían de la aduana. Menos aún las modelos bailando en la obra de Gehry. Solo importaba ella. Había cometido el error de meterme unos pases y me arrepentía. No hacía falta perico para ser feliz junto a ella. ¿Para qué ponerle aditivos químicos a un manjar perfectamente natural?

Llegué al Museum Tower a diez para las siete. Le pregunté al *concierge* si mi mujer había regresado y me dijo que sí, que había llegado como una hora antes.

Subí ansioso al ascensor, agradeciendo a Dios cada instante con emoción de adolescente. Abrí la puerta de nuestro apartamento (¡nuestro!) y la llamé:

—¿Scarlet?

—Dame un segundo, quédate allí –gritó desde el cuarto de invitados.

El apartamento estaba lleno de velas aromáticas. Scarlet las había comprado y las había encendido. Su aire cálido me adormecía y me hacía olvidar la amarga frialdad de la cocaína. También había encendido el equipo de sonido. Escuchábamos el saxo inconfundible del dark techno de Laurent Garnier. Nada mejor para la ocasión.

Finalmente Scarlet apareció caminando despacio por el pasillo: tenía un vestido largo de Marchesa, lleno de brillantes, con tonos púrpura. Sus ojos verdes, maquillados por algún profesional, parecían tener vida propia. Se dio la vuelta por la sala para que la admirara, con una seguridad escalofriante. Luego se volteó, me miró, y con un leve destello de duda preguntó:

—¿Te gusta?

"Me gusta" describe una sensación tan menor. A mí me gusta la carne mechada. Me gusta cuando gana Magallanes o cuando gana la Vinotinto. Me gusta facturar unos reales. Me gusta cuando no hay cola en la autopista. Me gusta mi apartaco en Nueva York. Me gusta cagar en la mañana leyendo Urbe Bikini. Pero esto no me gusta... ¡esto me vuelve loco...! Esto me convierte en otra persona... esto me convierte EN persona... Antes era un animal guiado por el instinto de tener, de poseer, de almacenar... ahora soy gente, ahora soy mente, ahora soy un rapero que te da por la frente...

—Mucho –le dije, pensando que mis ojos dirían el resto.

Dio un pequeño brinquito infantil como celebrando y se acercó.

—Salió un poquito caro, pero si quieres yo pago la diferencia –dijo apenada.

¿Caro? ¿Existe alguna cantidad de dinero que pudiese compararse con la alegría de volver a mi hogar y ver a mi amada vestida de brillantes?

—Conmigo tendrás todo lo que quieras.

Me besó los labios por primera vez. Fue un beso pequeño, suave, corto, lento. Un beso que valía más que mil tiradas. Un beso que prometía el comienzo del amor… que invitaba a una vida juntos, sin apuros, sin angustia, sin temor.

La verdad es que yo nunca había ido a una ópera. Mi mamá siempre ponía discos de Mozart en la casa pero yo nunca les había parado mucha bola. Llegué con Scarlet de la mano a la Metropolitan y, francamente, el lugar me pareció alucinante. Nuestros asientos estaban en el centro de la sección *Orquestra*, a unos metros de un Plácido Domingo convertido en Pablo Neruda. Los versos del chileno, la voz del español, los cristales de las lámparas de la sala más costosa de Nueva York… todo era parte de una sinfonía infinita que nos contaba una gran historia de amor. Un simple cartero aprendía a sentir la poesía a través de Neruda y de su propia pasión. Scarlet lloró al final. Yo lloré por dentro desde el comienzo hasta la última nota… No solo por la belleza del espectáculo, sino porque tenía la garganta vuelta leña por la resaca del perico de la tarde.

Salimos de la Ópera con un hambre horrible.

—¿Qué quieres cenar? –le pregunté.

—Hice una reservación, pero a lo mejor es un lugar muy loco.

—¿Loco en qué sentido?

—Es que estuve leyendo sobre un restaurante en el Lower East Side. Francés.

—A mí me encanta la comida francesa.

—Lo que pasa es que… el restaurante es S&M.

En mi corto recorrido por el mundo de la perversión que da el exceso de dinero, había aprendido que S&M significa sadomasoquista. Pero nunca había escuchado de un restaurante sadomasoquista, ni me lo podía imaginar.

Scarlet se dio cuenta de mi confusión.

—Si quieres vamos a otro lado –dijo–, solo pensé que podía ser diferente, divertido.

—¿Cómo se llama?

—La Nouvelle Justine.

Carajo. La Nouvelle Justine. Esto se ponía bueno. ¿Qué será esa vaina?

—La novela "Justine" del Marqués de Sade –dijo–, es un restaurante inspirado por el genio francés de la literatura erótica del siglo diecinueve. De su nombre, Sade, viene la palabra sadismo.

—Vamos –sentencié.

—¿Seguro?

—Mientras no olvides que tú lo elegiste.

—OK –sonrió.

Scarlet detuvo un taxi emocionada, muerta de la risa. Arrancamos rumbo al Lower East Side, la única zona medio bohemia que queda en la Manhattan que Giuliani y Bloomberg convirtieron en un centro comercial.

La Nouvelle Justine es un restaurante relativamente pequeño. En la puerta te recibe una mujer escultural, blanca, gótica, llena de tatuajes, maquillada como dominatriz, vestida como cortesana del año mil ochocientos, con las tetas a punto de brincar y un fuete que haría morir de envidia a Douglas Valiente.

La mujer nos guió, a Scarlet y a mí, de manera ruda y seductora a la vez. Fue un paseo por oscuros pasillos y balcones de lo que parecía un antiguo templo sadomasoquista francés, con mujeres espectaculares, semidesnudas en vitrinas, amarradas a cadenas de cuero y otros elementos de tortura. Yo no sabía cómo reaccionar. Scarlet estaba privada de la risa viendo mi cara de shock.

Llegamos a la mesa y se acercaron dos cortesanas pelirrojas, mesoneras, una más bella que la otra, a llenar de agua nuestras copas. Scarlet le dio un billete de veinte dólares a una de ellas y le dijo que yo estaba muy nervioso y necesitaba unas nalgadas para relajarme.

La pelirroja me agarró por un brazo con fuerza y me pidió que la siguiera. Miré a Scarlet y ella con su mirada me ordenó que siguiera las instrucciones. Como yo a estas alturas era su esclavo, me fui con la pelirroja y llegué a una especie de plataforma suspendida, dos metros por encima del nivel de las mesas. Del piso salieron unos barrotes y nos encerraron, a mí y a la pelirroja, en una jaula.

Miré a Scarlet, pensando que quizá estaría celosa, pero ella no hacía más que reír. A su lado dos cortesanas comenzaron a bailar, seduciéndola y seduciéndome.

La pelirroja me amarró los brazos, uno a cada lado, hacia arriba, con cueros. Después me separó las piernas y también las ató a los barrotes. Me dijo que había sido un chico malo. Y seguidamente, con un artefacto de cuero que debe servir para arrear caballos, procedió a caerme a nalgadas por una cantidad indeterminada de tiempo. Y ojo, eran nalgadas duras. Yo tenía un pantalón elegante, no un blue jean, no tenía protección. Las nalgadas conectaban mis glúteos: derecha, izquierda, derecha, izquierda. Hasta que me pusieron a gritar del dolor…

En frente, Scarlet, rodeada de cortesanas, se meaba de la risa.

Y fue así que en medio del castigo físico y del extraño placer sensorial al que estaba siendo sometido, entendí el mensaje que mi amada me estaba enviando: has sido un chico malo. Mereces recibir nalgadas. Pero todo está bien porque estás conmigo, para regenerarte, para que salgas del lado oscuro de la fuerza.

El castigo terminó, afortunadamente. La pelirroja me llevó a la mesa y Scarlet me abrazó, me acarició el culo, y me dijo "pobrecito" mientras me besaba. Me senté en mi silla con las nalgas aún calientes. Las cortesanas se fueron. Al estar solos, le pregunté a Scarlet si a ella no le iban a caer a nalgadas. Se rio, tomó un poco de agua y se puso seria.

—Solo tú –dijo.

La miré intrigado, sin saber si se refería a una cosa o a la otra. Pero ella confirmó mi optimismo al decir:

—Mi cuerpo es solo para ti.

NOTA DEL COMPILADOR
Lo que sigue es la traducción de los mensajes privados intercambiados, vía Twitter, entre la señorita Scarlet y su novio Michael.

@Michael31
Dónde andas? Pq no contestas el tlf?
No entiendo
Llamé al Venetian, no había nadie con tu apellido. Si no escribes pronto, me voy a molestar

---

Comimos escargots, foie gras con semillas de mostaza y cebolla verde en pato, quesos, paté... Bebimos champaña rosa Armand de Brignac Brut Rose. Nos emborrachamos. Nos reímos al ver los shows sadomasoquistas del restaurante. Nos besamos. Nos sedujimos. Y decidimos irnos a rumbear.

La llevé a un lugar nuevo llamado "Catch" en el antiguo meatpacking district. Está en un edificio de cinco pisos. En la planta baja está Sephora, que solo abre de día. En los pisos dos y tres hay un restaurante. En el cuarto, una discoteca exclusiva, y en el quinto un VIP al cual no se entra con dinero sino con conexiones. Subimos directo al VIP.

Al entrar me saludó Paz de la Huerta, una bella actriz, gringa-española, que sale en "Boardwalk Empire" y que no puede ser más divertida. Estaba con dos de las jevas de Victoria Secret, pero no recuerdo sus nombres. Sé que ninguna era Alessandra Ambrosio, eran otras del mismo nivel.

Estaba mezclando David Guetta para un crowd de cien personas. Todos los presentes eran alguien en la escena neoyorquina. El lugar estaba lleno de mujeres raquíticas, entaconadas a pesar de sus casi dos metros de estatura, luciendo prendas de otoño, bailando y celebrando el éxito…

Scarlet y yo nos pusimos a bailar. No hay nada mejor (ni más raro) que una gringa con buen ritmo. Sin duda el promedio de las latinas baila mejor, pero cuando una gringa sabe bailar, no hay latina que valga.

Scarlet deslizaba sus pies acariciando cada beat del house alegre con el que Guetta conducía la fiesta. Su cuerpo hacía movimientos de stripper, con gracia de bailarina de ballet. Se me pegaba de espaldas. Rozaba mis muslos con sus manos. Acariciaba mi rostro con su cabellera. Era como bailar con una hechicera en pleno ritual de Salem.

A las cuatro de la mañana me metió en el asiento de atrás de un taxi. Le dio una dirección al taxista (hindú, con turbante y todo) y arrancamos. Yo estaba profundamente alcoholizado… no podía ni hablar. Solo la miraba y me reía, dejando claro que iría adonde ella me llevase.

Ella me preguntó si la amaba. Le dije que con todo mi corazón. Agarró mi blue jean, lo desabrochó, bajó mis interiores y me agarró la paloma. Se agachó con rapidez y se metió mi güevo completo en la boca. Lo lamió, lo besó, lo acarició, lo sacudió hasta dejarme completamente frito de excitación… tanto que el hindú comenzó a reírse a carcajadas. Me miraba por el espejo retrovisor. Se parecía al man de "Quién quiere ser Millonario", la película que se ganó el

Óscar. Confieso que era raro que la mujer de mi vida me estuviese dando su primera mamada, y yo tuviese, de repente sobre mí, los ojos fijos de un hindú con turbante, cagado de la risa. Pero así es la vida. No hay momentos perfectos. Es la imperfección la que nos hace felices. La asimetría es la morada de la belleza espiritual.

El taxi se paró en la dirección indicada. Scarlet pagó y dio propina al risueño taxista. Yo no tenía ni idea de dónde estaba. Scarlet me agarró por el brazo y me hizo correr tras ella. Entramos a un parque. Corrimos entre arbustos, hojas secas, alguna que otra rata neoyorquina que se despertó por nuestras risas y llegamos, finalmente, a la orilla.

Estábamos en Battery Park, el último parque al sur de Manhattan. Frente a nosotros, en una isla que parecía flotar en medio del calmado confluir de los ríos de la metrópolis, la escultura más famosa del mundo: ¡la Estatua de la Libertad!

Scarlet se apoyó en la baranda que separa al parque del río, se desabrochó el vestido, y me pidió que cumpliese su sueño: hacer el amor con el hombre de su vida, frente a la señora Libertad.

En una sola frase me llamó el hombre de su vida, me confirmó que lo que sucedería no era sexo, sino amor... y me invitó a celebrar nuestra unión conquistando al símbolo que durante años habían aborrecido todos los grandes revolucionarios que habían venido antes de mí.

Le terminé de quitar el vestido. Metí mi mano entre sus nalgas y confirmé, al tocar sus labios inferiores, que estaba completamente mojada. También noté que estaba toda depilada, probablemente a láser. Ni rastros de vello púbico. Solo piel. Pura y blanca piel imperial americana.

Comenzamos a hacer el amor. Scarlet gimió con voz de niña sin quitarle la vista a su estatua preferida. Yo rocé su espalda, su rostro. Acaricié sus labios y me mamó los dedos con la misma intensidad con la que me había lamido el miembro.

Me pidió que le diera nalgadas, confesó que ella también había sido una niña mala y que debió haber esperado todos esos años para entregarme, a mí, su virginidad. Usé mi mano derecha para sacudir sus nalgas con pasión, con cariño, con fuerza. Eso la excitó aún más. Y a mí también. Sentí que este proceso de liberación era mutuo. Éramos dos almas en pena que se habían encontrado para ser libres. Manhattan era nuestro Vaticano, la señora Libertad nuestro Cristo redentor, y la oscilación descontrolada de nuestros cuerpos la ceremonia de comunión que necesitábamos para expiar todo pecado y comenzar una nueva vida justa, como ser indivisible y eterno.

Se volteó, se montó sobre la baranda y se metió mi sexo en su cálido refugio, ese que yo había buscado desesperado desde niño. Llegamos al orgasmo juntos, mirándonos fijamente. Sus ojos bebían de los míos. Los espasmos luchaban porque nuestros párpados cayeran, pero ella me repetía "no cierres los ojos, nunca dejes de mirarme…" y así fue… llegamos al éxtasis unidos. Nuestra vista posada sobre el alma del otro, nuestros cuerpos fusionándose para siempre… hasta el dos mil siempre… viviremos y venceremos.

NOTA DEL COMPILADOR
Lo que sigue es la traducción de los mensajes privados intercambiados, vía Twitter, entre la señorita Scarlet y su novio Michael.

> @Michael31
> Ya me enteré d todo! Q descaro! No puedo creer cómo fue q caí. No t fuiste con tu Papá sino c un cliente.

> @Michael31
> Eres 1 puta! Y yo el tipo más imbécil d California. Pero te las voy a cobrar.

@ScarletT45
De q hablas...???

> @Michael31
> Ahora sí contestas, no? pedazo de Puta. No lo puedo creer. 2 años me engañaste!

@ScarletT45
Q pasa? Pq dices esas cosas?

> @Michael31
> Tengo fotos tuyas. varias. Allí te va una

UPLOADING FILE

FILE UPLOADED.

OPEN FILE

@ScarletT45
D dónde sacaste esto?

@Michael31
Tengo 100 fotos tuyas y vas a tener q pagar para q no las publique por Internet hasta q todo el planeta sepa q eres 1 maldita puta!

@ScarletT45
Me puedes llamar en 5 min?

Nos despertamos abrazados, desnudos, sonrientes. Era el inicio de una vida sin temores, sin angustias, sin errores.

Sonó mi teléfono. El testaferro del pana necesitaba el avión, urgente, esa noche en Caracas. Y lo prudente era que me viniera, pues había varios contratos con chinos que estaban por firmarse. Si me quedaba por fuera me arrepentiría.

Le dije que me diese una hora para pensarlo.

Yo no andaba pendiente de hacer negocios con chinos. Pa'empezar, no me gustan los chinos. Creo que se están apoderando del mundo, hechos los chinos, y tarde o tempranos nos van a clavar una lumpia de cerdo por detrás. Pero sin duda, los mejores negocios revolucionarios de esta era son con chinos. Podría darme una vuelta por allá, a ver qué se ofrecía. Y la verdad es que, si lo que decía Duarte era cierto y la vaina venía en picada, no me haría mal coronarme un último gran negocio, que garantizase mi estilo de vida para siempre.

Por otra parte, tenía meses sin ver a mis padres. La relación con ellos se había deteriorado en los últimos años. Mis padres, como casi toda la clase media caraqueña, son extremadamente antirrevolucionarios. Ellos van a todas las marchas, participan en todos los cacerolazos y guarimbas, y hasta le ligan en contra a Pastor Maldonado –el único güevón venezolano que ha llegado a Fórmula Uno– porque dicen que llegó allí por financiamiento del gobierno. Son, en fin, furibundos opositores. Y les da arrechera que yo esté guisando con el gobierno.

Yo entiendo a mis padres. Son educadores, gente que cree en los sistemas tradicionales y compró el cuento de que, en el capitalismo, si estudias y trabajas subes de nivel social. Pero todo eso es paja, con el socialismo yo he llegado a facturar una cantidad con la que nunca podría ni soñar trabajando en el sistema capitalista. Ellos eso lo saben, pero me juzgan. Y bajo ninguna circunstancia aceptan mi dinero. Dicen que es dinero mal habido, etcétera.

Yo creo que en el fondo mi papá es adeco. Con su magnánima actitud, en un piche apartaco de ciento veinte metros cuadrados en la principal de El Cafetal, yo creo que anda pendiente de que regrese CAP. Pero bueh… es mi padre… le debo la vida y nunca podré dejar de amarlo.

Le comenté la posibilidad del viaje a Scarlet y se emocionó. Dijo que si es por ella que nos fuésemos a Venezuela de inmediato. Le dije que Caracas no era como ella se imaginaba.

—La vaina está jodida, hay que andar en blindado, con guardaespaldas.

—Suena emocionante –respondió.

—Pero allá no puedes andar con joyas, ni sola por ahí. Tú eres demasiado gringa y medio país te va a querer secuestrar.

—Decide tú. Yo contigo me sentiré segura en cualquier lado… Y siempre he querido ir a Venezuela.

En la noche arrancamos a Caracas.

CHINOS EN CRACKAS

Tenía su lado emocionante eso de mostrarle a mi amada la tierra que me vio nacer. Pero lo que más me gustaba era la idea de mostrarle a ese poco 'e marginales, lo que era una dama de verdad. La mayoría de los revolucionarios andan todos lucidos con sus mamitas ricas y apretaditas criollas, pero ni sueñan conseguirse una gringa de las que ven en las películas. Algunos dirán que lo de ellos son las venezolanas, pero eso es cuento. Si hablaran inglés andarían con catiras importadas. En el fondo todo venezolano, sea de la ideología que sea, sueña con una gringa. Por eso casi todas nuestras actrices famosas, casi todas nuestras misses, casi todas nuestras locutoras de noticias y chicas Polar... son blancas, son rubias, o tienen facciones de blancas. Por eso Fidel Castro eligió a una catira de ojos verdes como esposa del Comandante en las primeras elecciones. Para demostrarle al pueblo mestizo que ese zambo, Comandante valiente, pudo conseguir a una gringa como la que todos soñaban...

Llegamos a Maiquetía y bajamos por la rampa cuatro, la presidencial. Nos recibieron unos GN sin mucha ceremonia. No había luz en el aeropuerto, por lo tanto no había sistema. Al no haber sistema, no hubo que hacer inmigración, así que nadie se quejó de la falta de visa en el pasaporte gringo de Scarlet. Nos pasaron directo a un helicóptero y arrancamos hacia La Carlota.

No sé qué pájaro nos llevó a la capital, era una carcachita de la Policía Nacional. Lo cierto es que el vuelo, por encima del glorioso barrio de Gramoven, cruzando el Ávila y entrando a la ciudad por encima del 23 de Enero, para luego sobrevolar Catia, fue verdaderamente hermoso. Scarlet estaba boquiabierta con la nocturna belleza de Caracas. Me preguntaba qué eran todas esas luces. Y yo le decía "son casas…"

No había motivos para explotar su burbuja y decirle que las lucecitas eran miseria, y que todo aquello que veía, y que parecía un pesebre, era una de las zonas más violentas del mundo. Ya llegaría el amanecer con su duro pesimismo. Ya habría tiempo para llorar por la injusticia social.

En el aeropuerto La Carlota nos recibió Pantera, mi pana del alma, mi guardaespaldas desde hace dos años… un negro con bigote blanco, feroz y heroico combatiente del 23 de Enero. A su lado, un comandante de la guardia cubana se me cuadró y lo saludé con cordialidad. Ambos dieron la bienvenida a Scarlet con respeto y me miraron con gestos de "el jefe siempre corona".

La Carlota estaba bastante activa, me imagino que la presencia de los chinos en el país había alborotado a todo el mundo. No me quise quedar a saludar. Estaba cansado y, confieso, un poco nervioso de tener a esta princesa de la realeza californiana entre tanto cubano comemierda.

No tengo nada contra los cubanos, que quede claro. Admiro a la dirigencia, que es quien manda en nuestro país. También a los de rangos medios, que son quienes controlan el día a día de nuestro gobierno. Pero en cuanto al resto, esos doscientos y pico mil cubanos que hay en Venezuela, son los esclavos de la revolución, y como tal se les desprecia. Sus dueños los mandaron a trabajar para nosotros y nosotros los utilizamos de la manera más respetuosa posible pero sin olvidar que son esclavos. Trabajan gratis. Su pago se lo lleva Fidel y si se equivocan, sus familias en La Habana son las que pagan. Eso ellos lo entienden, y agradecen que por lo menos están fuera de esa isla miserable. Si no fuera por Venezuela, Cuba estaría peor que África. Y los esclavos saben que tienen que hacer todo lo necesario para mantener a los nuestros en el poder, porque si los nuestros caen, ellos mueren de hambre. Los Castro nunca van a caer. Eso ya está claro.

Nos montamos en una Toyota 4Runner, plateada y blindada. Le pedí al cubano que pusiera una moto que nos escoltara; y así fuimos, con la moto adelante, Pantera al volante y Scarlet y yo atrás.

Después de veinte minutos, tras atravesar la autopista a toda velocidad, llegamos a mi casa en La Lagunita. Una casa de sueños que diseñó Carlos Raúl Villanueva para uno de sus panas oligarcas, cuando Caracas era la sucursal del cielo y La Lagunita era el cielo.

Debo decir que me sigue gustando Caracas. Con todo y los peos, no hay nada como llegar a casa, escuchar los grillos con su sinfonía tropical… respirar la humedad selvática de la zona… caminar sobre mis pisos de mármol de Carrara recién pulido… Ser atendido por mi staff de choferes, vigilantes, servicios, cocinera, guardaespaldas, masajista…

Comerme una cachapa con queso telita y tomarme un guayoyo Fama de América colado en una greca bien curada. Debo decirlo: en Caracas hay calidad de vida. Ese clima exquisito que nos consiente todo el año es solo parte del gusto insustituible de ser home club.

Scarlet saludó a todo el staff con su adorable sonrisa, machucando un español estilo chicano, que imagino había aprendido de la nanny que la crió mientras su papá hacía negocios con algún gringo parecido a Salas Römer.

Todos la recibieron como la princesa que es. Mis empleados están muy bien remunerados. Yo no creo en esa vaina de tener una cachifa por doscientos dólares al mes, que viva en tu casa, conozca todos tus movimientos, tenga acceso a ti día y noche, y no tenga para la educación de sus hijos… es demasiado riesgoso. Todos mis empleados ganan más que lo que yo ganaba cuando trabajaba en Procter. Y eso los hace fieles a mí, hasta la muerte. Ellos saben que yo tengo, pero doy. Y esa es la clave de la revolución, el secreto que la oligarquía apátrida de la Cuarta República nunca logró comprender. Dando y dando, todos vamos mejorando, los de abajo van comiendo y los de arriba van pirando.

Scarlet salió al balcón de mi cuarto en el piso de arriba. Caracas se veía de fondo, enmarcada por palmeras, chaguaramos, selva tropical... Me acerqué y contemplé la ciudad que me vio nacer, al lado de la mujer que me hizo renacer.

—¿Qué te parece? –pregunté.

Respiró aire profundamente... ese aire puro de montaña que ella nunca podría respirar en Nueva York, Las Vegas o Los Ángeles... y dijo:

—Es el paraíso.

¡Qué bolas! Así es la vida. Uno pasa toda su juventud recorriendo el mundo, denigrando de su tierra y de su gente, para que venga la princesa que encontraste al final de la aventura, a recordarte que tú naciste en el paraíso.

Es verdad, mi pana, matan veinte mil carajos cada año. No hay MoMA, ni Ópera, ni Chateau Marmont; no hay restaurantes sadomaso, ni hoteles con fuentes coreográficas... la mayoría de las jevas no se afeitan el bollo y la tranca es infernal... pero esta vaina es el paraíso. Y en honor a eso me tomo un whisky dieciocho años, con mi culito de veintiuno, en mi terraza diseñada por Villanueva.

NOTA DEL COMPILADOR

Lo que sigue es la traducción de los mensajes privados intercambiados, vía Twitter, entre la señorita Scarlet y su amiga Zoe.

@ScarletT45
stoy en Venezuela!

> @Zoe23
> Q qué?!

@ScarletT45
Historia larga, o corta. Necesito tu ayuda.

> @Zoe23
> stás bien? T hicieron daño?

@ScarletT45
Estoy perfectamente bien. No t preocupes por eso. El problema s Michael. Se enteró d todo!

> @Zoe23
> D todo... D todo q?

@ScarletT45
D TODO! Nuestro trabajo!

> @Zoe23
> El mío también????

@ScarletT45
No creo... Solo habla d mí.

> @Zoe23
> Niégalo hasta la muerte.

@ScarletT45
Tiene fotos! Muchas. Graves. No sé ni cómo las consiguió.

@Zoe23
Q tipo d fotos?

@ScarletT45
Privadas y públicas. Con clientes. Un desastre.

@Zoe23
Olvídate d él, q remedio.

@ScarletT45
El problema s q m está pidiendo $$$ para no publicar las fotos. Está herido, dice q lo estafé, etc.

@Zoe23
Mierda. Cuánto quiere?

@ScarletT45
Está loco, dice q 100 mil ahora, y 100 mil cada año por los próximos 4.

@Zoe23
Jajajaja stá loco. D dónde vas a sacar tanto $$$?

@ScarletT45
Dice q es mi nuevo pimp y debo trabajar para él.

@Zoe23
Maldito.

@ScarletT45
No sé q hacer. Si esas fotos se publican se acaba mi vida.

@Zoe23
Trata de llegar a un acuerdo c él.

@ScarletT45
Está loco, te puedes imaginar. Y lo peor es q estoy aquí, de Luna de miel... si este hombre ve esas fotos se acaba todo.

@Zoe23
A lo mejor ese tipo es la solución. Tiene mucho $$$!

@ScarletT45
Pero no le puedo pedir dinero para esto, sería el final.

@Zoe23
Obvio. Hay que pensar. A lo mejor hay una manera de sacarle el dinero sin q sepa q s para eso.

@ScarletT45
No sé. Q horrible. Es todo tan bello acá. Me provoca quedarme y no volver. El problema s q las fotos n Internet me matan aquí también.

@Zoe23
Q rollo, y d dónde sacó las fotos?

@ScarletT45
No sé. Quizá sería bueno q lo llames, que lo calmes.

@Zoe23
Ni loca, hablaría con Jacob, pondría a Jacob a sospechar.

@ScarletT45
Bueno, déjame ver q hago. Hablamos pronto.

La reunión con los chinos fue en una suite del edificio anexo al Meliá Caracas. Se discutieron varios proyectos de infraestructura. Los chinos ofrecían autopistas, puentes, trenes... mostraron fotos verdaderamente impresionantes de obras construidas en China en los últimos años. Todas eran necesarias para el crecimiento del país, y todas eran lo suficientemente espectaculares para atraer la atención de Fidel, quien sabía que la cosa se estaba poniendo pelúa, y se hacía cada vez más urgente tener obras grandes que mostrar.

Escuché varias opciones, pero hubo una sola que me interesó: consistía en construir ocho cárceles, capaces de albergar hasta veinticuatro mil reclusos.

Siempre me han atraído los sistemas carcelarios. Me parece fundamental dar dignidad a los privados de libertad, pues esa gente está allí, en su mayoría, no por lo que hizo sino por lo que parece que hizo. El sesenta por ciento de los presos de Venezuela no han sido procesados; por lo que a más de la mitad no los podemos considerar culpables. Las condiciones de nuestras cárceles son completamente inhumanas, no hace falta describir lo que ya todo el mundo sabe. Puede que parezca pose, pero lo juro: la posibilidad de que existan cientos de inocentes padeciendo aquellos infiernos carcelarios, es una de las cosas que siempre me han quitado el sueño en el país. Por ello la idea de montarme en un negocio chino, que a la vez contribuya de manera significativa a la dignificación de miles de personas, se me hacía irresistible.

Adicionalmente, desde la masacre de El Rodeo, la mejora de las cárceles se había convertido en una prioridad fundamental para los comandantes. No sería un proyecto difícil de pasar por aprobación, especialmente en el año electoral que comenzaba.

La construcción de cada uno de los ocho centros penitenciarios estaba presupuestada en seis millones de dólares. Pero el proyecto estipulaba dieciocho palos por cada una. La idea era dividir cada una en tres valores de pago: seis millones para que los chinos ejecutaran la obra, seis para el gestor gubernamental que nos daría el permiso y los fondos, y seis millones para mí por establecer el vínculo.

Eso nos dejaría a cada uno, si completamos las ocho cárceles, la posibilidad de ganar cuarenta y ocho millones de dólares (cuatrocientos billones de bolívares fuertes), en tres años.

Obvio que no sería posible construir las ocho, por más chinos que fueran. En el proceso los fondos irían desapareciendo. Pero aún si solamente se lograse que nos aprobaran dos, mi parte quedaría en doce millones de dólares (cien billones de bolívares fuertes), y habríamos abierto espacios de dignidad para al menos seis mil privados de libertad.

Les dije que me interesaba. Firmamos un acuerdo de exclusividad de representación ante el gobierno bolivariano, por los próximos treinta días, y nos despedimos con cordialidad.

Bajé y me di una vuelta por el lobby del Meliá, espacio fundamental para desenvolverse en tiempos de revolución. Si usted vive en Venezuela y todavía está lo suficientemente agüevoneado como para no saber dónde están los guisos, dese una vuelta por el Meliá, seguro que algo pesca.

Ojo, también está el Hotel Alba Caracas, en el antiguo Hilton. Pero esa es una movida mucho más ruda: con armas, con FARC, con iraníes, rusos y bielorrusos. Es una liga mayor que usted debe manejar muy bien si se quiere mojar.

En el Lobby del Meliá había dos ministros sentados con representantes del gobierno colombiano, probablemente cuadrando las comisiones de la deuda fronteriza. Los ministros me saludaron con camaradería y me invitaron a una cena en el Palacio de Miraflores. No estaba confirmado que viniese el Comandante, pero estarían varios chivos, gente necesaria. Era sin duda una buena oportunidad, no solo porque podría comenzar a palabrear mi negocio carcelario chino, sino también porque podría lucir a Scarlet en el pleno corazón revolucionario. Agradecí la invitación, confirmé asistencia y me despedí.

Llamé a Pantera para que me recogiera y, mientras lo esperaba, en plena entrada del Meliá, me encontré a un pana de la Metro: Carlos Avendaño. Carlos no solo había sido mi compañero de clases, también había trabajado conmigo en Prócter, justo después de graduarnos. Yo había pirado hacia la vida revolucionaria y él se había quedado allí por varios años. Me imagino que ya sería uno de los gerentes a nivel nacional.

Nos saludamos afectuosos, y cuál fue mi sorpresa al escuchar que esa noche se casaba. Recuerdo que me había llegado la invitación a su boda, pero se me había olvidado por completo. Le dije que tenía una cena de trabajo y que no podía ir a la ceremonia religiosa. Pero sin falta me daría una vuelta por la fiesta alrededor de media noche.

Me dio un abrazo y se montó en una Cherokee de hace un par de años, sin blindaje, sin chofer... pero bueno, yo no me voy a poner a criticar a los panas. Cada quien hace lo que puede y al menos el chamo se está casando con una jeva. Por ahí hay varios panas metidos a maricos y eso sí que es chimbo. De hecho, hay un proyecto para legalizar el matrimonio gay en Venezuela. Pero no creo que lo aprueben porque la enfermedad acercó al Comandante a la Iglesia y a la Iglesia solo le gustan los carajitos.

Regresé a la Lagunita un pelo antes del mediodía, planeando llevar a Scarlet a comerse una pizzita en El Hatillo. Al llegar a mi casa casi muero del shock: ¡Scarlet había salido a trotar hace media hora!

¿Trotar? ¿Sola? ¡Una gringa en mono deportivo (¡o en licras!) corriendo por la principal de La Lagunita!

¡Se jodió la vaina!

Insulté a todo mi equipo: "inconscientes, anormales, envidiosos, malintencionados, hijos de perra..." y me arranqué con Pantera a buscarla.

Entramos por la avenida principal, que tiene un paseo peatonal por el que alguno que otro loco decide hacer ejercicio. Pero nada, no la veíamos.

Avanzamos un kilómetro hasta el final. Vimos una jeva trotando que se parecía de lejos... nos acercamos... pero no era.

Dimos la vuelta a la redonda. Seguimos bordeando la principal en dirección contraria, buscándola desesperados. Pero nada.

Pantera intentó calmarme.

—Por más que sea es el mediodía, jefe. Los choros seguro están almorzando. Tenga fe que ya la vamos a encontrar… y cualquier cosa montamos un operativo.

"Cualquier cosa". Yo sabía lo que significaba "cualquier cosa". Habían secuestrado más de quince personas en La Lagunita en los últimos dos meses. Se estaba convirtiendo en zona roja. Solo la idea de pensar en esa posibilidad me estremecía. Una gringa bella como ella, en manos de malandros caraqueños, no duraría ni veinte minutos sin que se la violaran. Era una joya para la fauna local. Y yo de güevón que la traje a la selva y encima la dejé sola… ni siquiera le dije que no se le ocurriese salir. Pero es que ¡cómo coño se le ocurre salir a trotar en plena calle!

Recorrimos la principal completa hasta llegar a la garita que da hacia El Hatillo. Nada. Le preguntamos a un par de viejitos sifrinos que caminaban por ahí, y nada. Nadie la había visto.

Se jodió la vaina. Ese era… mi castigo había llegado. Toda esta bailadera revolucionaria era pecado y Dios me castigaba con esto… con el hampa.

El desate del hampa común es una herramienta de control social que planificó el G-2 cubano y con el que se logró que más de un millón de votantes antirrevolucionarios abandonaran el país. El malandreo desbordado, además, permitió al Comandante sustituir al otrora necesario toque de queda militar. "La inseguridad ciudadana debe ser total –había dicho Fidel–, funcionará como un ente amorfo, anónimo e invisible, que mantendrá a la población encerrada en sus casas en las noches, sin poder reunirse, sin poder conspirar".

Salimos de La Lagunita hacia El Hatillo y nos metimos por las callecitas. Pantera iba manejando despacio y yo me asomaba en los cafés, en las tiendas… Decenas de imbéciles comían helados, paseaban, reían… nadie había visto a Scarlet…

Llegamos a la plaza de El Hatillo y me salí por el quemacoco del carro a ver si la veía. Había una catira del otro lado pero se veía oxigenada. No era mi princesa…

Yo nunca había ocupado cargos oficiales. La seguridad de la población nunca había sido mi responsabilidad. Mi opinión no se tomaba en cuenta en ninguna decisión del Ejecutivo. Pero sin duda yo era cómplice. Yo era un hijo de la revolución y, como tal, había entendido la necesidad de fomentar la violencia callejera para garantizar el control total del país. Como beneficiario pensaba que podía mantener esa violencia a raya con mis escoltas, choferes, carros blindados, alarmas, rejas electrificadas, códigos de caja fuerte y contactos en el alto gobierno…

Pero no. Todo se había ido al carajo. Un momento de distracción y me robaron mi alegría, probablemente para siempre. Aun si la salvaran, ya seguro me la habían violado. Y de ahora en adelante toda su vida miserable sería culpa mía.

Salimos de El Hatillo y volvimos a La Lagunita. Una vez más recorrimos el paseo peatonal. Yo comencé a perder las esperanzas. Me embriagó una enorme tristeza. Las estadísticas retumbaban en mi cerebro…

Cada veintisiete minutos un venezolano pierde la vida en un hecho violento… 91% de los homicidas andan libres, sin haber pasado siquiera por un juzgado en condición de sospechosos… Hay quince millones de armas ilegales regadas por todo el país... 20% de nuestros delitos son perpetrados por policías... Hay veintiséis mil secuestros al año en el territorio nacional… Menos del 2% del producto interno bruto del país se invierte en seguridad ciudadana… Ciento ochenta mil compatriotas han sido asesinados en trece años de revolución…

Pantera me miró preocupado. Su cara lo decía todo: ¡esto está raro! A mí se me aguaron los ojos. Por mi mente pasaron los rostros de las ciento ochenta mil madres llorando, trescientos mil hermanos guardando luto, quinientos mil amigos perdiendo un alma querida… Hasta hoy, todos me habían importado poco porque los veía como bajas necesarias de toda guerra. "Toda revolución es una guerra", decía Fidel. Stalin mató diez millones. El Che mató a miles con su propio fusil. Era normal que hubiesen bajas. El cambio social se siembra con la sangre del pueblo, y se riega con la sangre de los enemigos… Así lo habíamos aprendido, así se había planificado y así se había ejecutado… Hasta que me tocó. Mi Scarlet amada, ¿dónde estarás? ¿Te están haciendo daño?

Me armé de valor. Agarré el teléfono, marqué un número, estaba listo para llamar a mi contacto en el círculo militar para que comenzase de una vez un operativo de búsqueda... cuando en mi mano el aparato comenzó a vibrar. Llamaban de mi casa.

—Doctor —dijo el vigilante.

—Sí.

—La señora ya llegó.

—¿Y está bien?

—Sí... la verdad es que está chévere.

El coño de su madre. Me estaba dando la mejor noticia que me habían dado en la vida, pero mientras lo hacía me dejaba claro que se estaba buceando a mi jevita.

—Dile que no se mueva. Voy para allá.

Pantera respiró aliviado, dio la vuelta y metió la chola para llegar a casa.

La abracé al llegar y se me salieron las lágrimas. Ella pensaba que yo estaba completamente loco. "Esta zona se parece a Beverly Hills", decía la muy coneja.

"No, mi amor, no se parece a Beverly Hills", pensaba yo pero no lo decía, "no tienes ni idea de lo poco que se parece esta vaina a Beverly Hills".

Vestía un mono deportivo Adidas bien pegado. Estaba sudada de tanto correr. Tomaba agua de coco de una botella, con un gusto increíble, y se reía diciendo que yo era un sobreprotector. Me prometía no volver a salir sin mí, pero decía que sin duda exageraba. Varios vecinos corrían por donde ella corría. Estaba a plena luz del día. Era imposible que le pasase algo.

Me serví un Buchanan's Red Seal con agua de coco, mientras ella se metió a bañar. Reuní a todo el personal y, ahora sí, les di órdenes de no perderla de vista: "Es una gringa y no tiene ni idea de dónde está. Lo último que necesito es que me la secuestren". El personal se disculpó, y yo me disculpé con ellos. Era mi culpa. No había dado órdenes claras y, en medio de la angustia, los había ofendido.

Cada cual se fue a continuar sus labores, y yo subí a contemplar a mi amada… viva… alegre… sana… en mi poder… para siempre.

Nos comimos una pizza y paseamos por El Hatillo bajo la fiel mirada de Pantera. Le conté de la cena en Palacio y se emocionó. "Ojalá venga", dijo en referencia al Comandante. Le pregunté si quería otro vestido y sugirió repetir el de Marchesa… "No creo que haya nadie aquí que me haya visto en NY", dijo con picardía.

Esa es la clase que tiene el dinero antiguo. Eso nunca lo diría una nueva rica revolucionaria. Siempre andan con el cuento de no repetir vestido. Scarlet está por encima de eso, y sabe que yo también.

Le dije que después de la cena quizá iríamos a una boda y le pareció bien.

NOTA DEL COMPILADOR

Lo que sigue es la traducción de los mensajes privados intercambiados, vía Twitter, entre la señorita Scarlet y su novio Michael.

@ScarletT45
Michael.

@Michael31
Qué?

@ScarletT45
T voy a conseguir el dinero, pero tienes q darme tiempo.

@Michael31
Cuánto tiempo? Cuánto dinero?

@ScarletT45
No sé todavía, stoy tratando.

@Michael31
Necesito un depósito d al menos 50 mil, en las próx 48 hrs.

@ScarletT45
Estás loco.

@Michael 31
Tú tienes + q perder q yo.

@ScarletT45
Pero tú tienes + q ganar. No ganas nada con publicar esas fotos ahora. Me das tiempo + y ganas $$$.

@Michael31
Tienes años mintiéndome, no tengo razones para
creer n ti.

@ScarletT45
Lo sé, y te pido disculpas, aunque sé q nunca me
perdonarás. Es dura esta vida, no creas q mentía
para hacerte daño...

@Michael31
Ridícula

@ScarletT45
Mentía porque soñaba con tener una vida normal.
Nunca trabajé por placer. Necesitaba el $.

@Michael31
Eres una asquerosa, hoy me fui a hacer una prueba
de sangre a ver q cochinada me habrás pegado.

@ScarletT45
No seas grosero... Siempre me he cuidado.................

@Michael31
Si me pegaste algo t mato.

@ScarletT45
Dame + tiempo, t consigo el $$.

@Michael31
Cuánto tiempo?

@ScarletT45
T puedo depositar 20 mil mañana. Mándame tu
número d cuenta.

CANÍBALES EN MIRAFLORES

Viajar desde La Lagunita al Palacio de Miraflores, en carro, un viernes a las siete de la noche, puede tardar más que volar de NY a Caracas. La tranca infernal no distingue clase ni vínculo político. La vaina simplemente no se mueve.

A la altura del CCCT un grupito de supuestos buhoneros se puso a atracar carro por carro. Scarlet se asustó cuando vio sus pistolas. Yo pensé que quizá era bueno que ella se fogueara viendo un poco de aquello, para que dejara la mariquera y entendiera que esta tierra es seria.

Uno de los malandros apuntó a Pantera a través de la ventana de la camioneta con una Magnum Millenium bien cuidada. Scarlet gritó del miedo. Pantera apretó un botón, hizo sonar una alarma y dijo por un micrófono.

—Está blindada, peluche. Corre que es la autoridad.

El malandro bajó su arma, hizo un gesto de disculpas y salió corriendo.

Scarlet quedó friqueada y se le quitaron las ganas de mudarse a Venezuela. Me preguntó dónde estaban los policías. Que si no había cámaras, etcétera. Yo le expliqué que la vaina se había jodido porque gracias a la revolución había demasiado dinero en la calle, y eso tenía a los choros vueltos locos. Pero el gobierno estaba tomando medidas para reducir la criminalidad, y había juramentado a las brigadas del pueblo, que seguro harían un trabajo importante... bla bla bla... No sé por qué con Scarlet me ponía demasiado oficialista. Quizá en el fondo la veía como a una futura Hillary Clinton y estaba sentando las bases para una buena relación bilateral.

A todos los güevones que estaban alrededor les quitaron sus BlackBerry y sus iPhone, los reales que traían en las carteras y cualquier otra vaina portátil que tuvieran a bordo. Nadie opuso resistencia. Eran todos prisioneros del tráfico. Nadie se iba a poner a pelear por cosas materiales. Era gente sensata, dentro de lo insensato que es andar por Caracas en un carro sin blindar.

Las compañías telefónicas reportan cinco mil teléfonos robados al día en todo el país. Cinco mil becerros diarios se quedan sin celular. Otros cinco mil compran teléfonos robados que algún día les van a robar. Es el ciclo de la vida. Hakuna Matata. Todo bajo control.

Después de hora y media en la autopista entramos a la avenida Baralt, uno de los lugares más interesantes del mundo, si me preguntan a mí. Es de las avenidas más largas de la ciudad, el lugar donde confluyen buena parte de los edificios del gobierno, la mayoría de los burdeles y bares de la zona, algunas de las plazas históricas... Toda Venezuela comienza o termina en la Baralt. La conspiración del 11 de abril terminó en la Baralt, gracias a que el bravo pueblo contuvo a los agresores desde el ahora glorioso Puente Llaguno. Allí cayeron muchos hermanos, compañeros de lucha. Allí se refundó y cogió aliento el movimiento.

Yo la verdad estaba muy carajito en esa época, no me interesaba la política. Acababa de entrar a la Metro y lo que andaba era pendiente de los culitos. Pero uno crece y aprende, lee historia… entiende…

Pasamos por la estación de Capitolio, bordeamos El Silencio y seguimos nuestra ruta rodando a dos cuadras de la hermosa Plaza Bolívar. Me provocó llevar a Scarlet a la plaza, pero ya la vaina estaba medio oscura y desde hace un tiempo no estaba claro quién dominaba la zona. Había que estar mosca y ya había tenido suficientes emociones por el día de hoy.

Cruzamos por la avenida Urdaneta y finalmente llegamos al Palacio. Pantera mostró sus credenciales, revisaron mi cédula y les dije que Scarlet venía conmigo. Nos dieron la bienvenida.

Entramos por una de las puertas laterales. Scarlet confesó que estaba un poco nerviosa, nunca había estado en el palacio de gobierno de ningún país. Le dije que no se preocupara, aquí estaba en casa. Este palacio no era del gobierno sino del pueblo. Ahora Venezuela es de todos.

Llegamos al salón en el que se llevaría a cabo la cena. Había varios ministros, cinco generales, dos subministros, seis testaferros, gente de negocios, amigos, uno que otro coleado y mi querida Vera Góldiger.

Vera me saludó con cariño, pero se puso toda rara cuando vio a Scarlet. La Góldiger era la primera y la última gringa que había entrado al círculo íntimo de la revolución. Era la novia de la revolución y una de las parejas esporádicas más constantes que tenía el Comandante. Sin embargo, al lado de Scarlet, la Góldiger se veía gorda y vieja. Y eso la puso como loca... Se le notaba el pánico de que el Comandante pusiese sus ojos sobre otra gringa.

Pero a mí eso no me preocupaba. El Comandante es llanero, y llanero no tumba jeva 'e pana. Hay una que otra historia que corre por ahí, pero no me las creo. Para un hombre de tal grado de poder, acostumbrado a manejar varios billones de dólares al año, andar tumbando hembras sería muy fácil. Y el Comandante se sabe demasiado valioso como para buscar metas fáciles. Además, no creo que a Scarlet le interese acostarse con un tipo de casi sesenta años, por más dinero que tenga. Ella es una muchacha de su casa. No creo, de hecho, que haría nada por dinero.

A todas las mujeres presentes les molestó la presencia de Scarlet. Era evidentemente más bella que ellas, y los tipos lo demostraron mirándola babeados, como si nunca antes hubiesen visto una hembra así en persona (cosa por demás cierta).

Me senté al lado del Ministro de Infraestructura y de una Diputada que siempre anda endragonada, y que ahora está a cargo del problema carcelario. Había chance de salir de esa cena con al menos veinte palos preaprobados para la primera cárcel. El esfuerzo de calarse el dragón de la diputada valía la pena.

Éramos quince personas. Teníamos cinco minutos de habernos sentado cuando entró un grupo de médicos… Cinco profesionales con batas y tapabocas, se pusieron a repartir termómetros, uno para cada uno, y pidieron que los pusiéramos en nuestras bocas, bajo la lengua.

Scarlet me miró como diciendo *"WTF is this?"*. Yo tampoco entendía nada. Le pregunté a la Diputada Endragonada y me explicó que era señal de que el Comandante pasaría a saludar. "El Comandante se tiene que cuidar –dijo– si uno de nosotros le pega una gripe sería una torta. Hasta a los treinta y tres presidentes del CELAC les midieron la temperatura antes de que saludaran al líder".

Me pareció raro ese cuento, no me imagino a Piñera o a Calderón con un termómetro en la boca... pero qué demonios, había que hacer lo que pedían. El hombre no estaba para juegos, y todos nuestros juegos se basaban en el hombre.

Le expliqué a Scarlet, animándola con la idea de que a lo mejor vería al Comandante. Nos pusimos los termómetros bajo la lengua y esperamos un minuto.

Era una escena bastante bizarra. Toda esa gente importante reunida alrededor de una mesa de Palacio, con un palito de vidrio en la boca. Reinaba un silencio repentino inevitable, que nadie podía romper. Se me ocurrió que era una especie de minuto de silencio anticipado. Pero rechacé ese pensamiento. Estaba allí para coronar un contrato enorme y necesitaba que la salud del tipo mejorara, que me durara vivo un año más.

La verdad es que yo no había visto al Comandante en persona desde que anunció lo de la enfermedad. Me había pasado meses fuera del país enfocado en otras vainas. Sabía que sería un encuentro raro, y decidí que tomaría medidas en base al estado en el que lo viese.

La primera parte de la cena se desarrolló con pocos incidentes. Hablé de mi proyecto carcelario y les pareció muy interesante. Sugirieron bajar un poco el precio de la construcción, dieciocho millones de dólares (ciento cincuenta billones de bolívares fuertes) para tres mil reclusos les sonaba exagerado. Pero en general hubo buen feedback.

Vera habló en inglés con Scarlet, para deleite de todos los presentes. Luego Scarlet habló un poco de español.

Cuando entró el Comandante fue como si cambiaran el aire del lugar. Nos pusimos de pie. Se acercó y fue estrechando nuestras manos, una por una. Besó a las mujeres y abrazó cariñosamente a algunos de los hombres a los que conocía mejor.

El cabello le había crecido parcialmente (después de meses de calvicie). Estaba impresionantemente gordo a causa de los esteroides que Fidel le recetó para que aguantase el año electoral que estaba por comenzar. Todos los médicos del planeta decían que esos esteroides lo matarían. Pero Fidel tenía a la medicina cubana de su lado, y la medicina cubana es la mejor del mundo. Donde manda el capital, no manda el marinero.

El Comandante estrechó mi mano, pero no recordó mi nombre. Fijó sus ojos sobre Scarlet y ella le ofreció su mano. Él se la tomó, delicado, y la besó con un respeto y devoción que dejó frías a todas las demás mujeres, y a mí me hizo apretar el culo.

Le dije que era mi señora y que era gringa. Él le dijo un par de vainas en inglés: *"Welcome. I love americans visit me. I love Sean Penn and Courtney Love"*.

Ella sonrió un poco extrañada, pero le siguió la corriente.

El Comandante solo estuvo con nosotros cinco minutos. En ese tiempo se tomó una sopa llena de sueros y hierbas extrañas y nos contó una fábula que nunca olvidaré:

—Un gran explorador es capturado por una tribu de caníbales –dijo–. La tribu, siguiendo un ritual milenario, lo condena a que un gran elefante blanco le aplaste la cabeza...

Todos lo escuchábamos con atención infantil. Su voz no tenía la fuerza de antaño, y eso le daba un tono espiritual impresionante... ¡era la voz de un sabio!

—Los salvajes amarran al explorador y lo lanzan al suelo –continuó el Comandante–, y traen al enorme elefante blanco. El animal se acerca y levanta su gigantesca pata encima del pobre explorador. Y justo en ese momento, cuando está por aplastarle la cabeza, la mirada del animal y la del hombre se cruzan...

El Comandante terminó su sopa, se secó los labios y continuó con su historia:

—El explorador busca en lo más profundo de su memoria y recuerda... "Hace diez años, al pie de una montaña, socorrí a un elefante blanco que había sido herido por una flecha y estaba agonizante. Le saqué la flecha, desinfecté la herida y lo estuve cuidando durante días... hasta que le salvé la vida..."

Es que este tipo es arrecho, pensé yo. Por eso es que tantos somos fieles al Comandante... El hombre es especial, es único, es histórico... Siguió:

—"¡Increíble coincidencia!" –pensó el explorador–. "Con la famosa memoria de elefante de estos animales, este buen animal sin duda me agradecerá, salvándome la vida..."

El Comandante nos miró a todos, uno por uno, como confirmando que todos prestábamos atención. Scarlet estaba hipnotizada aunque probablemente no entendía ni una palabra. Pero era el tipo, su presencia, su aura... un elegido por la providencia.

—Entonces el elefante blanco bajó la pata y le reventó la cabeza.

A varios se nos aguaron los ojos. ¿Qué insinuaba nuestro líder? ¿Que lo estábamos traicionando? ¿Que lo íbamos a traicionar?

—Así es la vida –prosiguió–, el que pide es dependiente, humilde, agradecido... Pero muy en el fondo odia a quien le da porque se siente humillado por él. Solo espera que le llegue su momento de poder para abusar, para otorgarse importancia y vengarse del que tanto lo ayudó... Porque siente que al ayudarlo lo que hacía era denigrarlo.

Nadie se atrevía a interrumpirlo, pero entre todos había ganas desesperadas de defenderse, de jurarle fidelidad eterna...

—Vienen tiempos difíciles para la revolución. Mantengamos el alerta. Los ataques vendrán de todos lados, y estará en nosotros… o quizá… en ustedes… saber cómo evitar que se pierda todo lo que hemos construido.

Y así… sin más, sin esperar ni permitir comentarios… se levantó, se dio la vuelta… y caminando con debilidad, como poseído por sus pensamientos, salió del salón.

—¿Qué dijo? –me preguntó Scarlet susurrando.

Yo no sabía qué responder. El hombre había asomado la posibilidad de que nos tocase a nosotros, sin él, la defensa de su obra. Y esa era una responsabilidad que ninguno estaba ni dispuesto, ni preparado para asumir.

Le dije a Scarlet que le explicaría después, y me preguntó si se estaba muriendo. Así son los gringos. Quieren saber cómo son las vainas con certeza. No entienden nuestro realismo mágico en el que puede que se esté muriendo, como puede que no… y no habrá manera de saberlo hasta el final.

Aquella noche en esa cena no se habló más de negocios. He ahí el efecto de los hombres grandes: no solo son mejores que los demás sino que, además, hacen que los demás sean mejores que lo que normalmente son. Esa noche se habló de ideales: de Marx, de Chomsky, de la Causa Palestina, de la Causa Vasca, de la Causa R… cualquier vaina… pero cero negocios. Sentíamos como si fuese pecado hablar de dinero luego de la visita de un santo. Y digo "sentíamos" porque yo, debo confesar, también lo sentía. Pueden decir lo que sea de la revolución, pero el Comandante es un tipo único, y haberlo conocido es y será uno de los más grandes privilegios de mi vida.

Terminamos la cena y los postres, y Scarlet me preguntó:

—¿Son cosas mías o el Comandante mencionó a Sean Penn y a Courtney Love?

—En efecto –respondí–, Penn y Love son dos de tus compatriotas con los cuales el Comandante ha compartido más tiempo.

Ella estudió mi mirada y añadió:

—Son los dos tipos más periqueros de Hollywood.

Me pareció raro su comentario. Yo todavía estaba inspirado por el cuento del elefante blanco, no quería escucharla burlándose de nuestro líder.

—Oliver Stone también ha venido a visitarlo –protesté–, de hecho hizo un documental sobre la revolución.

—Oliver Stone también es periquero –replicó.

—¡Qué carajo! ¡Yo también soy periquero! No entiendo por qué tienes que decir eso ahora –dije genuinamente molesto.

—No te molestes, Juan. Yo también soy periquera, lo preguntaba por eso. Para ver si conseguimos unos pases para ir a la boda.

La miré con una sonrisa… es que por eso eres la mujer de mi vida, carajita inteligente, oportuna, vividora, muérgana. Le dije que no se preocupara. Llamé a Pantera y le pedí que nos consiguiera un pelo de "Escama de Pescado".

El Escama de Pescado es uno de los milagros de la ciencia moderna. Una coca 100% pura, que se produce en el interior de la prisión de San Pedro, en el centro de La Paz, en

Bolivia. Una cárcel como ninguna otra. Allí tienen recluidos a los más grandes cocaleros de la nación. De hecho, creo que Evo estuvo recluido allí una vez, y sé que siempre visita la prisión en tiempos de campaña electoral, pues en Bolivia los presos votan.

Es una cárcel regida por los propios reclusos, que viven allí con sus familias. En la cárcel, algunos sectores están en malas condiciones pero otros tienen apartamentos de lujo, con vista a las montañas nevadas de Los Andes. En San Pedro hay un laboratorio en el que se produce una coca tan pura, que está estrictamente limitada al consumo de las élites. Solo los más allegados a los grandes cocaleros de Bolivia tienen acceso al Escama de Pescado (llamada así por la textura de la roca).

No creo que el Comandante esté al tanto, pero todos sabemos que en Miraflores se consigue Escama si se sabe con quién hablar. Pantera tiene sus contactos en palacio. Me dijo que se montaría en el caso, y a la media hora me miró con rostro afirmativo. Le dije a Scarlet que ya teníamos perico y me sugirió que arrancásemos de una vez.

NO VOLVERÁN

Nos montamos en la camioneta, salimos de Miraflores y Pantera nos dio una pequeña roca a cada uno.

Scarlet nunca había visto una vaina así. La coca que llega a los Estados Unidos está ultraprocesada, hipermezclada con cualquier cantidad de porquerías. Aquí en las manos teníamos la propia piedra filosofal, y bastaba acariciarla con una navajita para que se desmenuzara y se hiciese polvo. Un polvo casi transparente, mucho menos blanco que el de la coca vulgar.

—Tienes que tener cuidado –le advertí–, la mayoría de la coca que has consumido en el pasado tiene alrededor de 5% de cocaína. Esta es 100% pura, tienes que meterte veinte veces menos de lo que normalmente te metes.

Sacó una American Express Platinum y, sin mucha ceremonia, se dio unos toquecitos.

"Holy shit!", dijo, que viene significando algo así como "¡Mierda sagrada!". Su cara era un poema. Se le había congelado medio rostro, parecía pitufo tontín.

Yo también me di unos toques. Nos cagamos de la risa. Nos besamos. Le enseñé la palabra perico y le expliqué que su origen se basaba en que uno cuando estaba jalado hablaba como perico.

Nos dimos más toques y más besos. Nos fuimos adentrando en el este de Caracas (la zona de la contrarrevolución), rumbo a la Quinta Esmeralda: una sala de fiestas elegante, que está pegada a la parte sur del Country Club.

Entre pase y pase, antes de llegar, le conté a Scarlet la fábula del explorador y el elefante que nos acababa de contar el líder. Se quedó pensando por un rato, con el mismo nivel de inspiración que nos había dejado a todos en la cena. Seguidamente, me hizo una pregunta que me puso cabezón.

—Entiendo que el cazador es él. Entiendo que los caníbales son el pueblo. Lo que no entiendo es... ¿quién es el elefante blanco?

Interesante pregunta. Digna de reflexión, como todo lo que dice el Número Uno. ¿Quién es el elefante blanco? ¿Será el imperio? Sin duda puede aplastarnos con su pata de paquidermo... pero no... No lo creo. El explorador le había salvado la vida al elefante, y bajo ninguna interpretación se podría decir que el Comandante le ha salvado la vida al imperio.

Entonces... ¿quién es el elefante? ¿Serán los militares? ¿Insinúa el líder que escuchaba ruidos de sables? ¿O será la muerte? ¿La enfermedad? ¿Quién aplastaría la cabeza del explorador? ¿Sería el pueblo mismo? No podía ser. El pueblo nunca aplastaría al Comandante... además, si el elefante fuese el pueblo... ¿Quiénes eran los caníbales?

La Quinta Esmeralda es la sala preferida de la oligarquía tradicional criolla. Esa noche estaba full. No recuerdo que mi pana fuese un tipo de familia importante, por lo que asumí que la novia lo era.

Cuando entramos, con Scarlet como siempre volteando cabezas por donde pasaba, toda la fiesta cantaba "Cerro Ávila" al ritmo del Grupo Tártara.

Esta gente, mi pana, nunca aprenderá. Pueden pasar una, dos, tres revoluciones, y la oligarquía venezolana seguirá con sus fiestas aburridas y conservadoras. Mucha comida, mucha caña, poca diversión.

Yo no soy de los que piensan que "no volverán". De hecho, creo que sí, lamentablemente, volverán... y volverán a cagarla... a volverla a cagar. Volverán a seguir las instrucciones del Fondo Monetario Internacional y a tratar a la mayoría de la población del país como ciudadanos de segunda... "Niches... niches tan niches...", así llaman al pueblo... a la mayoría, mi pana, nada más y nada menos. Porque están encerrados, porque no tienen ni la más puta idea del país en el que viven. Porque creen que poniendo al mariquito de Leopoldo a saltar pupitres en chorcitos, van a ganarse a los votantes feos y malnutridos que constituyen este país. Porque creen que los "niches" solo quieren al líder porque no tienen cultura, porque están siendo engañados o comprados, o porque tienen miedo... No entienden que si las mayorías quieren al tipo es porque no los aguantan a ellos. Porque son inaguantables, hermanos, seamos honestos.

A Scarlet la rumba le pareció de lo mejor y se puso a bailar "Cerro Ávila" con alegría. Miró alrededor y dijo que no sabía que había tanta gente blanca en Venezuela. Le dije que casi todas esas son "catiras sobaco negro..." Es decir, no son catiras de verdad, como ella, como mi reina californiana...

Son unas wannabe descendientes de blancos de orilla, españoles y canarios... Nietos de criminales condenados que a cambio de su libertad se vinieron con Cristobal Colón a saquear estas tierras.

Aunque la verdad es que en la rumba había un bojote 'e panas. Para qué engañarse, esta también es mi gente. Panas de la Metro, panas de Prócter, panas de Le Club... Gente que todavía vive aquí, aunque pasa mucho tiempo en Miami, en Brickel, en Coconut Grove. Gente como uno, que está del otro lado, medio pelando bola, pendiente de marchas y protestas contra el "régimen", bajo la batuta de "los manos blancas": Un grupo de sifrinos de la Universidad Católica que mientras más manifiestan, más hacen por la popularidad del Comandante, pues más muestran sus rostros de privilegio a un pueblo que sólo tiene las misiones con su repartidera de esperanza.

Scarlet se puso a bailar el mix de Jailhouse Rock de Elvis que no pelan en ninguna rumba. Comenzó la hora loca: una tradición caraqueña, profundamente ridícula, que consiste en lanzar sombreros y cotillón sobre la fiesta. Todo el mundo, de repente, ¡se disfraza! Y el baile sigue pero de manera más loca, porque la gente tiene sombreros y ya está paloteada.

Me avergüenza decirlo, pero a Scarlet le fascinó la hora loca. Se puso un sombrero de Merlín, unos lentes enormes, verde brillante, y se metió (y lo peor, me obligó a meterme) en el trencito en el que todos bailaban al ritmo de "San Martín". ¡José Luis Rodríguez! ¡El Puma! Nada más y nada menos, como para que nada ni nadie pudiese salvar mi alma más nunca. ¡Qué fuerte! ¿Por qué después de tantos años, estas vainas siguen sonando en la Esmeralda? ¿Nostalgia de la Cuarta República?

Apareció Carlos Avendaño, el novio, mi pana, entre Scarlet y yo, en el trencito. Y así en formación, cada mano sobre la cadera del de enfrente, bailamos al ritmo de "San Martín", con el puto Puma cantando:

"Muchachaaaa... baila mi rumbaaaaa... Veeente con mi ritmoooo.... Ya la música esta aquí..."

De repente me invadió una idea aterradora: ¿y si el elefante blanco son los adecos? Ellos son, después de todo, ¡blancos!

El tren siguió con El Puma: "toma, toma... uhm sí, uhm sí. ¿Por qué no me siguen? Rumba, rumba, bailá mi rumba, la la, larala, rumba, rumba..."

Mi certeza se hizo definitiva: ¡el elefante blanco eran los adecos!

Se unió la novia al trencito, con su traje de Ángel Sánchez. Y El Puma decía: "No te quedes, no te quedes, no te quedes sin bailar..."

Pero no... ¡no podía ser! ¿Podría este país volver a los adecos? ¿Me estaría El Puma dando una señal, sugiriéndome que no me quede sin bailar...? ¿Debía yo, desde ya, comenzar a estrechar vínculos con mis amigos adecos?

En eso El Puma dijo: "¡no te quedes, no te quedes, una vuelta, un paso atrás!"

Tuve un momento de pánico, seguido de uno de sobriedad... Efectivamente, siguiendo los sabios consejos de

José Luis Rodríguez, di una vuelta y un paso atrás, y pensé que el explorador, el Comandante, tampoco había salvado a los adecos... Bajo ninguna circunstancia. No podía ser esa la profecía. ¡Gracias a Dios!

El tren se disolvió y se formaron parejas. Scarlet me pidió que la enseñara a bailar pegado y, para mi sorpresa, se puso a corear junto al Puma: "baila, baila, baila..." Intentamos bailar juntos un rato, pero no hubo caso. La hembra creía que estaba en "Dancing with the Stars". "Olvídate de eso", le dije. Y ella, con su acento angelino, siguió cantando: "ritmo, ritmo... sí... ritmo, ritmo... para ti..."

Y la verdad es que después de mucho pensarlo, logré tragarme mi prejuicio y noté que en ella el "Ritmo de San Martín" se veía de lo mejor. Los gloriosos cánticos del Puma en su rostro yankee lucían de lo más coquetos: "ritmo, ritmo... muchacha... ritmo, ritmo... ahora..."

Me puse yo también a cantar con ella. Lo gozamos. Lo reímos. Sentí que quizá no era tan malo que volvieran los adecos. Yo ya tenía mis reales y mi gringa, y hasta podía gozar al ritmo de San Martín... El Puma hasta se batía en inglés: "*Do it, do it, you feel good, you feel good... dance to my rumba...*"

Scarlet se cansó. Hizo un gesto que sugería que pidiéramos un trago, y sin pensarlo la saqué de la pista. Bendito sea el Señor y su espíritu.

Caminamos rumbo al bar y nos cruzamos con los novios. Carlos Avendaño me abrazó, eufórico:

—Ahá, mi pana, te vi bailando. Sabes que como las rumbas de Caracas no hay.

—De bolas –dije, sin saber si él lo decía en serio o se estaba burlando.

—Ta chévere la gringuita –añadió con picardía, y yo no supe si halagarme u ofenderme.

Saludamos a la novia, creo que era la nieta de uno de los grandes constructores del país, pero puedo estar equivocado. Scarlet la saludó y la felicitó.

—Nosotros vamos por un trago. ¿Quieren algo? – ofrecí, rezando que dijesen que no.

—Ahorita, ahorita. Vayan con calma y nos vemos aquí, bailandito.

Eso. Sencillo. Le di otro abrazo a Avendaño y me fui con Scarlet al bar. Pedimos un par de copas de champagne y salimos a la terraza. Allí, en relativa soledad, viendo los jardines tropicales de la Quinta, Scarlet se puso a llorar.

¿Por qué lloraba? ¿Había tenido, como yo, una revelación al "Ritmo de San Martín"?

No. Era más simple. Necesitaba dinero.

¿Cuánto?

Veinte mil dólares.

¿Por qué?

Porque su abuela materna estaba hospitalizada y no tenía seguro, su madre había muerto y su papá se negaba a ayudar a su suegra por quién sabe qué razón. Veinte lucas. ¿Llorar por veinte mil dólares? ¡Una mujer tan bella como ella!

Le pedí que me diera la cuenta bancaria, que yo resolvía el problema. Se apenó. Lloró más. Dijo que ella no quería abusar de mí. Que todo era tan bello entre nosotros. Pero la culpa... la culpa no la dejaba seguir bailando y gozando mientras su abuela moría.

Se me aguaron los ojos. Verla llorar producía sobre mí una sensación tan desesperante... Sentía que mi único objetivo en el universo era hacerla feliz... Y estaba fallando... ¡ella estaba llorando!... y si todo esto se resolvía con dinero, ¿por qué seguía llorando?

Le ordené que dejara de llorar y me diera la fuckin cuenta bancaria o me molestaría con ella. Me la pasó y le giré en el sitio, desde la aplicación del iPhone de Bank of America, treinta mil dólares. Veinte para la abuela, diez para que no se preocupara y dejara de llorar para siempre.

Me abrazó, me besó, me sonrió, me dijo que ella me lo pagaría, que lo que pasaba era que su papá había perdido mucho dinero en la bolsa en los últimos años, y no había sido el mismo desde entonces. Le recordé que su padre había jugado treinta mil dólares frente a mí en Las Vegas. Me parecía raro que fuese egoísta con su dinero...

Se puso a reflexionar y dijo que yo tenía razón, su padre estaba siendo injusto. Pero por otra parte le estaba pagando la universidad, y ella le estaba muy agradecida por ello. Le pedí que lo olvidara. Que veinte mil dólares no era nada para mí si se trataba de ella. Le supliqué que siempre me contara sus problemas, que no guardara secretos. Le expliqué que ahora éramos un equipo y todos sus problemas eran míos, y yo los solucionaría junto a ella, uniendo fuerzas para hacernos invencibles.

Me preguntó por mis padres. Me dijo que quería conocerlos. La idea me dejó frío por un momento. Pero le agarré el gusto a los cinco segundos: demostrarle a mis padres que mi camino revolucionario condujo al imperio, y que sus nietos probablemente serían ciudadanos gringos, podía iniciar un importante proceso de acercamiento hacia ellos. Le prometí que los visitaríamos mañana mismo.

Regresamos a casa y nos metimos en el jacuzzi. Le empecé a meter mano bajo las burbujas, la puse como loca acariciando su cuca. Le metí los dedos, doblé mis nudillos dentro de ella buscando el punto G, adentro y arriba, como había aprendido en un especial educativo de Playboy Channel... Y funcionó... Me suplicó que se lo metiera. Se lo negué por un rato para gozarme el verla rogar, excitada, gimiendo borracha, jalada, mandibuleando como solo el Escama de Pescado te pone a mandibulear.

Se me montó y se metió mi verga completa, a la fuerza. Era casi una violación. Yo me reí y disfruté. Era feliz. Ella se sacudía con autoridad, como si quisiese meterse mi cuerpo completo en su sexo. Me agarró el cabello por encima de la nuca. Yo se lo agarré a ella. Me pidió que la abofeteara. Lo dudé por un momento... era tan bella, tan angelical... ¿Cómo podría yo golpear a un ángel?

Me llamó cobarde. Me dijo que si no la abofeteaba era un cobarde. Le di una palmada en el rostro. Y me devolvió una soberana cachetada. Yo la cacheteé de regreso, con más fuerza, y eso la excitó. Me volvió a cachetear, durísimo, y yo le devolví dos seguidas. Eso le inició el orgasmo. Me jaló el cabello con fuerza. Me besó. Yo le agarré la boca con una mano como si me la estuviese violando y tiré de su cabellera con la otra. La volví a abofetear y se puso a gemir, a un volumen gigantesco, gritando: *"Oh, God! YES! YES! YES!"*, como había escuchado gritar a todas las gringas catiras de las pornos de mi infancia y adolescencia... Casi pierdo el conocimiento de la excitación. Las burbujas, el jacuzzi, el perico, la hembra de mis sueños... era, oficialmente, ¡la mejor tirada de mi vida! ¡Todos en La Lagunita podían oírnos gritar de placer!

A la mañana siguiente Scarlet me despertó con el desayuno en la cama. ¡Había aprendido a hacer arepas! La señora Beatriz le había enseñado a hacer la masa y a preparar perico.

Se imaginarán la confusión de la pobre cuando la señora Beatriz le dijo que la iba a enseñar a preparar perico. Hasta ese momento no me había dado cuenta de que nuestra cultura tiene la misma palabra para la coca que para el revoltillo de huevo. Por más que quise, no logré deducir, ni explicar, por qué se le decía perico a este perico.

Llamé a mis padres y, para mi sorpresa, sonaron alegres de escuchar mi voz. Al saber que estaba en Caracas con mi novia de Estados Unidos, se emocionaron y nos invitaron a almorzar en su casa.

NOTA DEL COMPILADOR
Lo que sigue es la traducción de los mensajes privados intercambiados, vía Twitter, entre la señorita Scarlet y su novio Michael.

@ScarletT45
Ya t mandé 20 mil.

@Michael31
Te faltan 80 para los 100 d este año.

@ScarletT45
Pues t vas a tener q esperar.

@Michael31
D dónde sacaste los 20?

@ScarletT45
Pedí un préstamo.

@Michael31
A quién? Un cliente?

@ScarletT45
Ese no s tu problema.

@Michael31
Perra.

FLY DE SACRIFICIO

Llegamos a casa de mis padres a eso del mediodía. Viven en un edificio de los años setenta, a unos metros de la avenida principal de El Cafetal, cerca del centro de bateo San Luis donde pasé toda mi infancia soñando ser como Galarraga.

Mi papá nos recibió abajo para abrir el portón del estacionamiento. Le dije que no se preocupara: Pantera se quedaba abajo cuidando la camioneta. Le echó un ojo desconfiado a Pantera y cerró el portón. Luego reapareció tras la reja exterior, que cubría la reja interior, que cubría la puerta del edificio.

Mi papá, el señor Juan Antonio Planchard, había envejecido. Tenía sesenta años pero parecía un poco más. Su panza protuberante se había hinchado enormemente desde la última vez que lo vi, hacía más de un año. Su sien estaba adornada por pelos canos. Su frente estaba bastante arrugada.

Abrió la puerta y nos hizo un gesto de urgencia.

—Denle pa'dentro que esta calle está candela –dijo, como bienvenida.

Entramos al edificio, y mi padre me abrazó con mucho cariño.

—¿Qué más, carajito?

—Bien, papá.

Estaba alegre de verme y eso me suavizaba el alma. De todas las cosas difíciles de la vida, no creo que exista ninguna comparable al vacío que da la distancia con el padre de uno. Con nadie más uno puede, a los casi treinta años, seguir siendo niño. Y sé que eso no cambiará. Sé que mientras viva en esta tierra, cuando lo vea, será como si todavía tuviese diez años, y estuviese caminando con él hacia el centro de bateo, escuchando sus historias de Vitico Davalillo y Antonio Armas, soñando con algún día ser tan grande y tan admirado como él. Porque mi papá es un tipo admirado. Fundó un par de cátedras en la UCV y logró jubilarse tras veinticinco años de carrera docente en esa casa de estudios, la primera del país.

Mi padre me había enseñado a amar el béisbol y la academia por igual: "en la universidad aprenderás a ser profesional –me decía–, pero en el béisbol aprenderás a ser humano".

Las reglas del béisbol eran, para mi papá, una fuente interminable de sabiduría. Hasta el día de hoy, yo mismo utilizo sus metáforas: estamos en tres y dos, faul pa'trás, sorprendido en primera, etcétera.

Mi papá hablaba poco inglés, pero saludó a Scarlet con respeto. Le dijo que seguro estaba chiflada por andar conmigo, pero la invitó a que se sintiera en su casa. Ella rio agradecida por la hospitalidad.

Nos montamos en el elevador y los recuerdos retumbaron en mi memoria: desde la coñaza que le dimos a un vecinito para tumbarle una caja de fosforitos, hasta la vez que eché una meada en el piso del ascensor a ver qué pasaba...

Este ascensor conducía al hogar de mi infancia y yo sabía que la visita no sería fácil.

—Ya han atracado cinco apartamentos en lo que va de año –dijo mi papá.

—¿Aquí en el edificio? –pregunté sorprendido.

No recordaba que la zona hubiese sido víctima del hampa durante mi infancia.

—Este mismo –respondió–, y eso no es nada... En el de al lado fueron apartamento por apartamento, sacaron a la gente y los metieron a todos en la conserjería mientras iban robando todo el edificio. Se llevaron un camión lleno de vainas.

Imaginar a mis padres en manos de una banda de malandros era duro. La culpa me atormentaba otra vez, la bendita culpa.

Llegamos al piso 8, apartamento 8B. Tantos recuerdos. Tanta nostalgia.

Se abrió la puerta y nos recibió mi señora madre. Me cayó a besos, me dijo que había engordado pero que los kilos me sentaban bien. Saludó a Scarlet (su inglés era mucho mejor que el de mi papá) y nos invitó a pasar.

Estaban preparando pabellón criollo. El olor de la carne mechada cocinándose me estremeció el alma. Las paredes lucían fotos mías, en todas las diferentes etapas de mi crecimiento. Había portarretratos regados por toda la casa. Mi madre se deleitó en mostrarle a Scarlet TODAS las fotos de mi mediocre infancia. Scarlet rio de lo lindo. Se burlaba de mis cachetes. Se burlaba de mis greñas en mi época de rockero. Se emocionaba al verme vestido de pelotero, con mi equipo de Criollitos…

Mi papá puso un disco de la Fania All-Stars. Y mi mamá lo criticó.

—¿Qué va a pensar Scarlet de nosotros, Juan Antonio, tú poniendo esa música de barrio?

Era un intercambio eterno. A mi mamá le gustaba Mozart; a mi Papá, Maelo. En eso habían pasado peleando toda la vida. Beethoven vs. Bobby Valentín… Liszt vs. Lavoe… Verdi vs. Palmieri… Carl Orff vs. Willie Colón… Así me había criado yo: medio salsero, medio emisora cultural, hasta que descubrí la electrónica y las pepas y se acabó todo.

Entré a mi cuarto de infancia. Todavía estaban mis afiches de Guns N' Roses, mis bates, mi casco, mis guantes y hasta mi VHS (con unas moñitas de marihuana escondidas allí hace años).

Me senté en mi cama y me impresioné de lo angosta que era. Tenía varios años durmiendo en camas King. Me costaba creer que los primeros veinticuatro años de mi vida los pasé durmiendo en una cama en la que solo cabía yo. Y lo más heavy es que en esa cama me había culeado a más de una promoperra, en ocaciones en los que el apartaco estaba vacío porque mis padres se habían ido a la playa o a la Colonia Tovar.

Me acosté en mi cama y miré el techo. Tenía calcomanías de estrellas y lunas que brillaban en la noche. Prendí el ventilador y casi me asfixio con el polvero que me echó encima. Suspiré. Respiré profundo… y poseído por el pasado, agradecido por el presente, cerré los ojos y me dejé llevar.

¡Cómo han cambiado las cosas! Qué poco necesitaba para ser feliz allí, hasta hace poco. Era una existencia sencilla donde todo tenía sentido, donde existía el bien y el mal. Era una vida estructurada donde uno tenía que estudiar y ya, prepararse para el futuro, para ser un buen profesional. Una vez al año quizá viajar a Miami, a Disney World o a Epcot. Una vez cada tres años, con suerte, un viaje para Europa… probablemente a Madrid a ver el Museo del Prado con mi madre, comprar en El Corte Inglés con mi padre y ver juntos un concierto de Mecano, Rocío Durcal o los Hombres G.

Me crié con tres canales de televisión: el 2, el 4 y el 8 (el 5 no contaba). Después apareció Televen y luego Omnivisión. Después pusieron una parabólica que nos dio MTV, HBO y bueh… el mundo se abrió a nuestros ojos y se nos bajó el ego nacional. Era difícil creerse el mejor país del mundo cuando nuestra televisión era, evidentemente, la más chimba.

Mucho después abrió Globovisión y se jodió toda la vaina. Noticias, noticias, todo el día, todos los días. Como si pasaran tantas vainas… Globovisión es la única razón por la que el experimento revolucionario ha durado más de una década.

Escuché los platos ponerse sobre la mesa, y recordé que Scarlet estaba sola en la sala de mi casa con mis padres, probablemente mentándome la madre. Decidí regresar.

Al regresar, mi papá tenía una actitud un poco diferente.

—Tú eres el elefante blanco –me dijo.

Se me olvidó el detalle de pedirle a Scarlet que no contara nada de la noche de ayer. Mala vaina. Pero ya era muy tarde. Mi papá estaba en plena exposición.

—Tú –continuó–, y los que como tú se andan beneficiando de esta farsa, a costillas de ese pueblo pendejo que confió en que habría un cambio... Y que lo que obtuvo son más abusos y corrupción.

Mi madre me miró a los ojos. "No hablen de política, por favor", me pidió por telepatía.

—Y no creas –continuó mi padre–, que se trata de una traición que está por suceder. Es una traición que ya sucedió. Ustedes ya le pisaron la cabeza al explorador. Con su indiferencia por el resto de nosotros, por defecarse en el país, ya lo mataron... lo único que falta es que vengan los caníbales a comérselo... Están en tres y dos, con bases llenas, y el pitcher está gordo y descontrolado.

Scarlet no sabía dónde meterse, evidentemente había tocado una fibra incorrecta y había subido la temperatura del partido.

Mi padre, ese gran profesor universitario que todo lo sabía, había resuelto la parábola del elefante. Éramos nosotros... obviamente, los que habíamos sido salvados por el explorador, y los que estábamos por aplastarle la cabeza, para deleite de los caníbales.

—No hablemos de política, papá –dije, como única respuesta.

Mi papá refunfuñó, pero se sirvió un whisky y pasó el trago amargo. De inmediato comenzó a inquirir sobre nuestros planes, en específico quería saber cuándo tendríamos hijos.

Le dije que Scarlet era muy joven, que todavía faltaba mucho para eso. Dijo que nunca se es demasiado joven para tener hijos. "Eso es un mito de la nueva generación".

Luego preguntó cuánto tiempo teníamos juntos... Yo no sabía qué decir. En realidad no tenía ni una semana con Scarlet. Pero habíamos vivido tantas cosas, era tan fuerte nuestra unión, que se sentía como una vida.

—Un año –dijo Scarlet, en español, salvándome de decir algo peor.

—¿Un año? –replicó sorprendido mi papá–, un año calándose a semejante sinvergüenza... usted, señorita, debe ser una santa.

Todos rieron. Y comimos... Divino. Mi madre recordó cómo antes siempre comíamos juntos. Lloró contando esto y lo otro, y Scarlet sonrió y los enamoró. Al final mis padres intentaron convencerme de que me casara con ella. Era evidente, decían, que era una niña bien educada, de buena familia, sin duda sería una buena influencia sobre mí.

—Te suplico –dijo mi padre–, que abandones ya esa mafia y te vayas a los Estados Unidos. Llévate el dinero que hiciste y olvídate de esta gente para siempre. Allá puedes hacer una nueva vida, invertir en negocios normales.

—Y ustedes, papá, ¿por qué no piensan en arrancarse también? Esto se va a poner muy feo, hay demasiada violencia ya y vienen tiempos peores.

—Peores no creo, hijo. Ya esta locura se acabó, lo quieran o no. Ese hombre se está muriendo. He leído como tres reportes de médicos serios que coinciden: no le queda más de medio año.

—¿Entonces por qué quieres que me vaya? –pregunté.

—Porque aquí tendrán que meter a varios presos, y tú eres el típico que agarran, porque eres anónimo, no tienes dolientes.

Nos pasamos al sofá y nos pusimos a ver tele en la misma posición de siempre: con su brazo sobre mi hombro, como si yo fuera un niño.

—Yo estoy dispuesto a perdonarte, hijo. Tu mamá dice que cuando uno es joven es ambicioso y puede olvidar los valores… A mí no me parece que eso justifica nada, pero lo puedo entender. Lo que sí no quiero es verte tras las rejas. Ahí sí no hay vuelta atrás…

—Papá, yo no he hecho nada malo. La revolución fue elegida por el pueblo y existe para el pueblo.

—No vengas con pendejadas.

—¿Por qué no puedes respetar la democracia que tanto dices defender? El tipo fue electo. Varias veces. Por inmensa mayoría.

—No quiero discutir más.-

—Pues entonces no sigas diciendo que te decepcioné o que debes perdonarme. Soy un empresario importante en uno de los países más importantes del mundo. El país que tú me enseñaste a amar con sus virtudes y defectos.

—Eres deshonesto, hijo. Eso no fue lo que yo te enseñé.

—El país es deshonesto, papá. Yo solo me adapto a las reglas del juego... y eso sí fue lo que me enseñaste.

Mi padre se quedó en silencio, pareció reflexionar. Yo continué:

—Me embasé por bolas... Me robé segunda... Me robé tercera y con un fly de sacrificio llegué a home... ¿Violé las reglas? No... ¿Anoté? Sí... y que jode... Sin meter ni un hit, es verdad... pero la carrera vale igual. Porque supe jugar el juego en vez de ponerme a pelear. Acepté la realidad de la liga y me adapté. Yo no soy el Umpire, ni el Manager. Ni puse las reglas, ni decido cuándo cambiar al pitcher...

Mi padre me miró con una sonrisa, orgulloso de escuchar su lenguaje beisbolero en mi voz. Se me acercó para decirme un secreto... y me susurró en el oído:

—Preña a esa carajita y vete de aquí. Este país se jodió.

Lo miré a los ojos. Tragué hondo.

—¿Y ustedes? –pregunté con voz de niño.

—Nosotros somos unos viejos.

—No vengas con esa, papá. Tienes sesenta años, puedes fácil vivir treinta más.

—Pero aquí puedo quejarme. Esta es mi casa. Nací en Caracas y en Caracas moriré.

No había negociación posible. Ese era mi padre, venezolano hasta la muerte. Tan venezolano que creía más en el país, que lo que el país creía en él. Por eso estaba pelando en una tierra en la que nadie sensato debería pelar.

Nos despedimos con más alegría que tristeza. Le di un cheque a mi mamá, sin que mi padre se diera cuenta, para que lo usara de caja chica. Lo aceptó calladita y me dio las gracias. Besó a Scarlet y nos vio partir a eso de las cuatro de la tarde.

Al montarnos en el carro me dieron ganas de llorar. No por mis padres, que por más que sea estaban bien, sino por la tranca que había en el boulevard de El Cafetal. Habían matado al chofer de un autobús de la ruta Petare-CCCT, y los transportistas habían decidido trancar la autopista, en plena hora pico.

Yo no sé quién coño le dijo a los venezolanos que trancar una autopista tendrá algún tipo de efecto sobre las decisiones que se toman en Miraflores. Lo que hacen es joder a la población y poner al hampa a gozar. Lo peor es que en Caracas hay muy pocos helipuertos; de lo contrario me hubiese arrancado volando para mi casa.

¡Qué remedio! Recliné mi asiento y me puse a fumar un joint que Pantera tenía encaletado. Scarlet, mientras tanto, chateaba en su iPhone, no sé con quién, pero se veía preocupada. Yo la miraba, enamorado, y pensaba: "¿Será que la preño, de verdad? ¡Qué mujer tan bella! Dios mío, ¡gracias! ¡Qué niños me va a dar!"

NOTA DEL COMPILADOR

Lo que sigue es la traducción de los mensajes privados intercambiados, vía Twitter, entre la señorita Scarlet y su amiga Zoe.

@Zoe23
Scar, tenemos que hablar.

@ScarletT45
Q pasó?

@Zoe23
Me acaba d llegar un e-mail d Michael con 1 montón d fotos tuyas.

@ScarletT45
Q tan graves las fotos?

@Zoe23
Graves.

@ScarletT45
Y q te dijo en el email?

@Zoe23
El... el email no era para mí... Es un email masivo.

@ScarletT45
Fuck.

@Zoe23
No sé a quién + se lo mandó, pero no quiero ni preguntar.

@ScarletT45
Fuck!

LA DIPUTADA ENDRAGONADA

Sonó mi celular, era la Góldiger:

—Vamos una grupo –dijo en su limitado castellano–, cenamos en La Orchila y si tienes suerte podemos viajar para Habana por fin de semana. Puede traer a su chica si quiere.

La Orchila es una belleza de isla, pero hasta los cangrejos en sus playas son militares. La Góldiger sonaba medio tomada, y yo solo quería pasar un rato a solas con Scarlet. Pero la Diputada Endragonada seguro estaba entre los invitados, me convenía pasar por allí aunque fuera un rato. Además, Scarlet quería ir a una playa, quizá no sería mala idea... La Orchila... Pero a La Habana sí es verdad que no me pegaba.

El peo era la tranca. Solo llegar a La Lagunita sería una odisea, no quiero ni imaginarme lo que sería ir a La Carlota. Pero para esto, como para casi todo, la Góldiger también tenía solución:

—Vete para Lagunita, yo mando helicóptero que recoja en campo golf.

Buena vaina. A Scarlet le emocionó la idea de ir a la playa. Ni le mencioné lo de Cuba porque era capaz de querer ir.

Una hora después cruzábamos los campos de golf del Lagunita Country Club, a bordo de un carrito eléctrico blanco de lo más cursi, con nuestros bolsos de playa, fumándonos una varita de pan con queso.

No existe nada más absurdo que un campo de golf en un país que tiene millones de personas viviendo en la miseria. Una vez al Comandante se le ocurrió que eso debía cambiar, pero fue tan grande la presión de su gabinete (asiduos usuarios de estos terrenos, o residentes de sus zonas aledañas), que nunca pudo llevar a cabo el cambio. El elefante blanco había vencido, una vez más, al explorador.

Noté a Scarlet mirando el horizonte, reflexiva.

—¿Qué te pasa? –pregunté.

—Nada… estoy un poco cansada.

Se veía triste. Intuí que estaba pensando en su abuela enferma. Es de una nobleza tal, esta niña, viviendo cosas tan emocionantes junto a mí pero pensando en otros… siempre generosa.

—Estás pensando en tu abuela –afirmé.

Se volteó y me miró con sus ojos infantiles.

—¿Cómo sabes? –dijo.

—Ya te conozco un poco –respondí.

Le gustó mi respuesta. Tomó mi mano, le metió un jalón más al joint frosteado de coca y se recostó sobre mi hombro, cariñosa.

Llegamos al hoyo seis y ahí nos recogió un helicóptero de la Guardia Nacional.

Sobrevolamos Caracas en pleno atardecer. Fue entonces cuando, por vez primera, Scarlet notó la naturaleza real de las luces que adornaron nuestra llegada a casa.

—Son barrios –sentenció–. ¿Toda esa gente vive así, en miseria?

—Por eso es necesaria la revolución, amor. Toda esa gente fue olvidada por la oligarquía. El Comandante los está ayudando a salir adelante.

Scarlet me miró, poco convencida, y volvió a ver hacia abajo. Era verdaderamente impresionante: un océano de pobreza, una sabana de carencia, suciedad y olvido, de sueños imposibles, de violencia...

Nadie entiende Caracas hasta que la ve desde arriba, es una realidad geográfica... Por fortuna, casi nadie puede verla desde arriba.

NOTA DEL COMPILADOR

Lo que sigue es la traducción de los mensajes privados intercambiados, vía Twitter, entre la señorita Scarlet y su novio Michael.

@ScarletT45
P q hiciste eso?

@Michael31
Qué?

@ScarletT45
No te hagas el imbécil, ya sé q mandaste mis fotos a todo el mundo.

@Michael31
Pq me harté. No quiero q me compres. No me interesa tu $. Me destruiste, lo mínimo q puedo hacer es destruirte.

@ScarletT45
Michael, soy Scarlet, la misma Scarlet con la q viviste 2 años. La misma q amaste y q te ama.

@Michael31
Por favor....

@ScarletT45
Aunque sé q ya lo nuestro es imposible, quiero q resolvamos esto con madurez.

@Michael31
No sabes cómo me destrozaste. Yo tenía toda mi vida planeada en torno a ti.

@ScarletT45
Yo lo sé. Y por eso te pido que te tranquilices. Nada de lo q hice lo hice para hacerte daño.

@Michael31
Zzzzzz...

@ScarletT45
Lo hice porque necesitaba el dinero y la oportunidad se presentó y me fui por un camino duro...

@Michael31
Q quieres de mí?

@ScarletT45
Quiero q me digas a quién le mandaste esas fotos, para ver cómo manejamos esto.

@Michael31
No hay nada que manejar.

@ScarletT45
Quiero q entiendas q tengo en mis manos un plan q puede significar muchos años d estabilidad económica para nosotros...

@Michael31
Te vas a culear a Donald Trump?

@ScarletT45
Jaja. No. Pero tengo un pez grande en las manos, y te prometo compartir contigo mucho dinero... pero t tienes que calmar.

@Michael31
Estoy calmado.

@ScarletT45
Deja d mandar fotos. Y ten paciencia.

@Michael31
Solo le mandé tus fotos a Zoe, para ver si t decía. Me imagino q ella también es puta.

@ScarletT45
Zoe pensó que estabas bromeando, q habías usado photoshop. No te preocupes por ella.

@Michael31
Dónde estás? Te quiero ver.

@ScarletT45
Estoy fuera del país, ahora es imposible.

@Michael31
En dónde? Estás con un árabe?

@ScarletT45
No te puedo decir, pero no, no es con un árabe.

@Michael31
Deposítame 100 mil mañana y te creo.

@ScarletT45
Voy a intentarlo.

Aterrizamos en La Orchila. Nos recibió la Góldiger, paloteada. Me dio un abrazo y le robó un piquito a Scarlet cuando la vio. Scarlet me miró y se rio. Lo que faltaba, pensé yo. Ahora a la Góldiger le gusta Scarlet.

—Te he estado adelantando lo de las cárceles –me dijo, como en secreto–, a lo mejor lo podemos cerrar esta misma noche.

—Sería genial.

—Después cuadramos lo nuestro.

Típico de ella, uno matándose, cuadrando el guiso con los chinos, ella te invita a una fiesta y ya quiere comisión. Pero buehh… Así somos los socialistas, el dinero es siempre para todos.

La Diputada Endragonada estaba en su yate en La Orchila y nos mandó una lanchita para que fuésemos a verla.

El yate se llamaba Granma y tenía 127 pies. Costaría cinco o seis millones de dólares, pero lo interesante era el diseño: todos los materiales eran rojos y estaba lleno de murales alegóricos a la revolución cubana. Los rostros del Che, Camilo, Fidel, Martí… cada uno adornaba una sala. En el piso de arriba estaba tocando en vivo "Dame pa' violala", una agrupación de música revolucionaria contemporánea. La banda cantaba una canción que compusieron contra la televisión y las cadenas de noticias internacionales.

Nosotros fuimos hacia adentro, a la sala principal. De allí agarramos una escalera en espiral, también rojita, y llegamos al piso de abajo. La Diputada Endragonada nos recibió con un abrazo y nos sirvió un whisky Swing a cada uno. La botella de Swing era una belleza, con la parte de abajo curva.

—¿Sabes que el Swing es un whisky para marineros? –dijo la Diputada, potenciando su dragón natural con el alcohol.

—¿Y esa vaina...? No sabía.

—Por eso el culo de la botella es curvo, para que no se caiga con las olas.

Una interesante teoría, sin duda. Cosas que uno aprende en altamar.

—Mira, Juan –prosiguió la Diputada Endragonada–, a mí la amiga aquí...

Hizo una pausa, miró a la Góldiger, luego a Scarlet, y luego a mí.

—¿A ti como que te gustan las gringas? –preguntó sin sonreír.

—Nooooo, camarada, bueno depende. Digo... no particularmente. La señora Góldiger es amiga mía, como es amiga suya. Y la señorita Scarlet es mi novia.

—¿Pero... y usted la conoce bien?

—Claro...

—Mucho cuidado, la CIA y la DEA andan como dos locas siguiéndonos los pasos. ¿Tú estás seguro de que sus intenciones son buenas?

—Cien por ciento, camarada. Tenemos tiempo juntos, y ella...

—Bueno, confío en ti. Además está bonita la muchacha. En todo caso, yo creo que lo de la cárcel no va a ser fácil.

—¿Por qué será?

—No hay cemento, hermano. No hay cabillas. ¿Cómo van a hacer esos chinos para construir una cárcel sin materiales?

—Siempre se pueden conseguir. Ahí resolvemos…

—Yo lo que te ofrezco es sacarte adelante el proyecto… No con dieciocho sino con quince millones, porque dieciocho es demasiado.

—Ellos necesitan seis para construirla.

—Ese es el otro peo. A mí, por lo bajito, me van a tener que quedar ocho verdes. Y quince menos ocho…

—Siete.

—Imagínate, te quedaría a ti un solo millón.

La Góldiger se puso nerviosa y añadió:

—Y a mí me tienes que dar por menos un milloncito.

—¿O sea que a mí no me queda nada? –protesté.

—Ese es mi punto –continuó la Diputada–, olvídate de la cárcel. Sacamos quince, ocho pa' mí, uno para la señora Góldiger, que muy gentilmente cuadró esta reunión, uno para que los chinos preparen las maquetas que presentarán en el Aló Presidente y toda la paja… y cinco pa' ti.

—¿Y no construimos la cárcel? – pregunté en shock.

—No hay cabillas, no hay cemento… tendrías que trabajar gratis. Si te sirve igual así, le echamos bolas. Pero para qué estar con ese dolor de cabeza, después queda la cárcel incompleta y me lo sacan por Globovisión y aquel peo.

En situaciones normales habría simplemente aceptado. Cinco millones de dólares por hacer nada, sonaba como el mejor negocio posible. Pero lo de las cárceles era mi punto débil... y la conversación con mi padre... el elefante blanco... me daba pausa.

—Tengo que pensarlo –dije, y la Diputada se cagó de la risa.

Y se cagó de la risa en serio. Pensaba que yo era un tipo comiquísimo, ni le pasaba por la cabeza que quizá yo, en realidad, quería pensarlo.

La Góldiger le tradujo a Scarlet lo sucedido.

—Le están ofreciendo cinco millones de dólares a tu marido y dice que tiene que pensar.

Y se echó una carcajada. Scarlet se rio también y me miró interrogante. Yo la miré con culpa. Ella me observó, preocupada.

—¿Es por tu papá? –preguntó, susurrando al oído.

Así se conoce la gente: visitando a los padres, saboreando las comidas de la infancia, estudiando los temores, las dudas, las inseguridades que lo hacen a uno ser humano. Scarlet sabía quién era yo, y entendía que hoy yo no podía ser el mismo que era ayer.

—No seas tonto, Juan –dijo–, es una gran oportunidad. Si no la tomas tú, la tomará otro.

Y así fue que comencé a ser adulto: valorando más la opinión de mi futura esposa que la de mi progenitor.

La Diputada me miró un poco sorprendida.

—¿Tú como que lo estás pensando en serio? –dijo casi amenazante.

La Góldiger me miró en pánico, no solo temía por mí; tenía miedo por ella misma. La oferta estaría sobre la mesa cinco segundos más. Si la rechazaba me sacarían de La Orchila. Me pondrían bajo sospecha. Me montarían un juez para sacarme uno que otro movimiento ilegal y ponerme en jaque. Estaría bajo la lupa de todos los tribunales. Mi nuevo nombre sería el-chamo-que-anda-con-una-gringa-y-rechaza-cinco-millones-de-dólares. Sería, de inmediato, execrado de la revolución. Me tendría que ir del país o arriesgarme a ir preso en el Helicoide.

A la propia Góldiger la pondrían en salsa. Ya había demasiados rumores de que ella era de la CIA o del Mossad. Incluso en aporrea.org se habían lanzado artículos insinuando que era judía. Si yo le tiraba la partida para atrás, sus enemigos la señalarían a ella como cómplice.

Entre irme del país corriendo o irme despacio con cinco millones más… la decisión era sencilla.

Me cagué yo también de la risa. La Diputada Endragonada, la Góldiger y hasta Scarlet. Todas rieron.

—Así es, mi niño –dijo la Diputada, poniéndole sentido del humor a la cosa–. ¿Nos vamos pa' La Habana

—¡Claro! –exclamé, como reflejo, sin saber lo que decía.

En menos de veinte minutos estábamos volando en un jet de PDVSA rumbo a La Habana.

VAMPIRAS EN LA HABANA

Yo nunca había ido a Cuba, francamente me daba miedo. Uno escucha vainas que suceden allí y dan pánico, para qué meterse en la boca del lobo. Pero mi minuto de duda en el yate fue largo y peligroso. Un viaje a La Habana se hizo necesario para demostrar mi fidelidad a la revolución.

A Scarlet la idea de ir Cuba le asustó un poco. Como ciudadana americana tenía prohibido visitar la isla. Se podía meter en rollos con su gobierno. Pero la Góldiger le explicó que los cubanos no sellaban los pasaportes, no había motivo para preocuparse pues en Estados Unidos nunca se enterarían de su visita a La Habana.

El viaje duró un par de horas, y la interminable circulación de mojitos criollos de Havana Club en el avión, hizo lo necesario para calmarnos. Aterrizamos completamente borrachos. No sé si fue por eso o porque en realidad era así, el aeropuerto internacional de Cuba me dejó en shock: era una belleza. Tantos años escuchando sobre la pobreza de la isla, lo último que se espera uno es que el aeropuerto José Martí sea ultramoderno.

Entramos por la zona diplomática y, efectivamente, no nos sellaron el pasaporte. Nos montaron en una van oficial, y sin parar el fluir de los mojitos, emprendimos nuestro rumbo a la ciudad.

Bastaron unos minutos para que tanto Scarlet como yo nos horrorizáramos por un detallito: ¡nuestros iPhone no funcionaban! La red de telefonía de Cuba es muy pobre y, como comprenderán, no tienen ningún acuerdo con las empresas de telefonía gringas, ni siquiera con las venezolanas. Eso condena a todo visitante a renunciar a la conectividad mientras se esté en la isla.

Entramos a La Habana y el shock fue inmediato. Es una ciudad suspendida en el tiempo. Casi todos los carros son clásicos americanos de 1950, casi todos los edificios son de la misma época o de antes. La ciudad tiene muy poca luz de noche, por lo que, al combinarse con la curda que teníamos encima, la sensación fue de que entrábamos a un sueño.

La van entró por el famoso malecón de La Habana. Este sí estaba bien iluminado. Decenas de turistas caminaban viendo las olas chocar contra las piedras. Otros viajaban en unos carruajes redondos empujados por ciclistas.

—El coco taxi –dijo la Góldiger como toda explicación.

Dentro de su densa decadencia, es imposible negar que La Habana es una ciudad espectacular.

Llegamos al Hotel Nacional, en pleno centro turístico. Scarlet de inmediato lo reconoció como el hotel que sale en El Padrino, parte II. "Al Pacino estuvo aquí", dijo emocionada.

Nos dieron una habitación con vista a la ciudad, y nos invitaron a una fiesta en la planta baja. Era una fiesta del Festival de Cine de La Habana. Sin duda habría varias estrellas allí.

Los únicos cubanos que había en la fiesta eran los mesoneros, los organizadores del festival y uno que otro actor.

A los cubanos de a pie no los dejan entrar a ningún hotel de Cuba. La isla, aprendí, está divida en dos. La Cuba para turistas y la Cuba para cubanos. Había restaurantes para turistas y restaurantes para cubanos. Hospitales para unos y para otros. Bares, discotecas, playas, todo está dividido.

De esa manera es fácil confundirse. Si uno solo visita los lugares para turistas, sale convencido de que los medios internacionales han mentido y Cuba es un país pujante, elegante, tecnológico, sin carencias. Pero si uno se asoma un poco más allá, a la zona de los residentes, la realidad cambia y se hace triste. Por eso todos recomiendan quedarse en la "zona buena" y evitar la depresión.

En la fiesta me volví a encontrar a Laura Bickford, la productora de "Che", que se había tomado un trago conmigo y con Almodóvar en el Chateau Marmont. La saludé con cariño. Estaba con Benicio y con Jorge Perugorría. Ambos quedaron babeados con Scarlet, por lo que me la llevé antes de que Benicio se la llevara a ella (pues ella también estaba babeada por él). Un poco más allá vimos a Silvio Rodríguez con Danny Glover y un par de judíos que, según Scarlet, eran los directores de cine conocidos como los hermanos Cohen. Yo pensaba que los hermanos Cohen eran famosos porque construían los centros Sambil. Pero bueno, todo el mundo se rebusca.

En otra mesa estaba sentado nada más y nada menos que el Gabo, Gabriel García Márquez. Según me enteré, al escuchar el discurso del director del festival, ese año la cita rendía tributo al Gabo como amigo incondicional de la isla.

"Ese gran escritor y cineasta, no realizado a plenitud; ese gran revolucionario, sensible a las transformaciones por las que seguimos luchando todos los latinoamericanos".

El Gabo en persona. Nunca había podido terminarme ninguno de sus libros, nunca había conocido a nadie que se hubiese podido terminar "Cien años de soledad", pero el tipo es Premio Nobel, no es tontería. Sin duda los suecos saben su vaina y lo han leído. Es un gran orgullo para todos los revolucionarios. Como Dudamel. Como Winston Vallenilla. Todos los grandes artistas de nuestra era se han pronunciado a favor de la revolución. Y eso no es poca cosa… es testigo de que nosotros, los mortales, tenemos quién defienda nuestras ideas de la mejor manera.

Scarlet me sugirió que nos fuésemos del hotel.

—Yo soy de Los Ángeles –dijo–, puedo ver actores en cada esquina. Si vine hasta Cuba es para ver la ciudad.

La Góldiger se estaba cayendo a latas con Danny Glover en una esquina. Junto a ellos estaba la Diputada Endragonada. Tuve que interrumpirlos e invitarlos a pasear por la ciudad.

—Es su primera vez en La Habana, ¿a dónde podemos ir?

La Góldiger consultó con Glover y la Endragonada, y decidieron que nos iríamos a La Bodeguita del Medio, la cuna del mojito.

Fuimos a la entrada del hotel y nos enfrentamos a dos opciones: el taxi, un Chrysler New Yorker de 1958; y el coco taxi, a punta de pedal.

Glover, la Endragonada y la Góldiger eran tres (no cabían en un coco taxi), por lo que se fueron en el Chrysler. Scarlet y yo nos montamos en el coco taxi y todos acordamos encontrarnos en La Bodeguita.

Nuestro coco taxista era un negro de treinta y cinco años llamado Fidel. Según dijo había sido medalla de bronce en ciclismo en las Olimpiadas de Seúl. Scarlet y yo nos sentamos bajo el techo con forma de coco amarillo y Fidel arrancó a pedalear como loco, desarrollando muy pronto una velocidad impresionante.

Intenté disfrutar el viaje pero no pude: la situación era toda una obra maestra de la injusticia social... el pobre hombre, campeón olímpico, pedaleando para que dos turistas disfrutasen de su tierra, a cambio de un par de monedas.

Le dije a Scarlet que sentía culpa y me dijo que dejase la idiotez, que tras la visita de mis padres no había dejado de sentir culpa y que debía ponerme serio y volver a ser el de antes...

"¡El de antes", compadre! Llevábamos una semana juntos y ya la mujer quería al "de antes".

Ella tenía razón... mis padres me habían puesto a sentir culpa por todo y eso no podía ser así. Decidí disfrutar y dejar la güevonada... Yo estaba con mi Scarlet y era feliz. Ella estaba rascada con su hombre bajo un enorme coco amarillo, con Fidel pedaleando adelante, y todo le parecía comiquísimo. Se gozaba cuando el coco taxi rebotaba por los huecos y con placer miraba los paisajes alucinantes de la vieja Habana.

El hombre pedaleó durísimo, como quince minutos, a treinta y ocho grados centígrados... Y como para no perder la costumbre –y chalequear mi sentimiento de culpa–, Scarlet decidió, en pleno coco taxi, comenzar a mamarme el güevo. Fidel pedaleó sin mirar atrás, y mi gringa bella con sus labios me recordó que pasara lo que pasara, yo nunca más podría dejar de ser feliz.

Llegamos a La Bodeguita del Medio. Fidel nos pidió cinco dólares. Yo le di un billete de cien dólares porque no tenía cambio y casi le da un infarto. Se le aguaron los ojos, me besó la mano, se tomó una foto conmigo con la cámara de su celular Nokia del siglo veinte, y me dijo que me iba a recordar toda la vida, que su niña estaba enferma, que con eso podría conseguir medicinas...

Scarlet me jaló del brazo y me metió a La Bodeguita. Al entrar no fue difícil notar que estábamos en el lugar correcto: ¡Diego Armando Maradona! ¡En persona! ¡Qué vaina tan loca! Y lo mejor: ¡en la misma mesa que Glover, la Góldiger y la Endragonada!

Nos sentamos juntos. Estreché y besé la mano de Dios. Cantamos canciones revolucionarias. Bebimos mojitos criollos originales. Me enseñaron fotos de Salvador Allende y Pablo Neruda, sentados en esa misma mesa. Me mostraron una placa en la que Ernest Hemingway había escrito de puño y letra: "My Mojito in La Bodeguita. My Daiquiri in El Floridita".

Y así fue que... fumándome un habano y respirando la yerbabuena de mi trago, viendo a Scarlet sonreír (sin la más puta idea de quién era el Pibe de Oro), observando a la Góldiger y a la Endragonada cayéndose a latas a Glover entre las dos... allí... sentí que yo pertenecía... Pertenecía a una gesta heroica latinoamericana que había detenido al imperio en su intento de controlarnos. Era la mano de Maradona metiéndole un gol a Inglaterra. Era el "Arma Mortal" de Danny Glover protegiendo a Mel Gibson contra el sistema. Era el Gabo y Silvio y los hermanos Cohen... éramos todos... soldados de una era sin precedentes... luchadores de no uno, sino de cien Vietnams... a muerte... sin que nadie, por nada en el mundo, pudiese hacernos arrodillar...

Salimos de La Bodeguita a la hora y media. En frente había una plaza con una iglesia y un grupo de salsa tocando con insustituible guaguancó. En la calle de al lado, una hilera de putas –jineteras– espectaculares, lo ofrecían todo por cinco o diez dólares. Cientos de turistas, gringos y europeos, se deleitaban con la infinita variedad de opciones: blancas, morenas, negras, trigueñas, mestizas, mulatas, altas, bajas, con tetas, con culo... un tributo a la variedad y la mezcla que solo es capaz de parir el Caribe.

Yo estaba viendo a ese poco de mujeres con alegría, cuando Scarlet me sorprendió con una frase de lo más musical.

—Llevémonos una para el hotel.

Así es la vida, hermano, no existe mujer que no sea bisexual; solo hombres que no saben ayudarlas a descubrirlo. Le pedí a Scarlet que eligiera ella, y se fue por una que era una mezcla entre Eva Mendes y Natalie Portman. Se llamaba

Ilza. Al ver que la notamos, se acercó y besó a Scarlet apasionadamente, dejándome completamente frito del queso. Encima dijo que solo quería diez dólares por pasar la noche con nosotros. ¡Ochenta bolívares por Eva Mendes, hermano! ¡Que viva la revolución!

Lo único malo es que ella no podía entrar al Hotel Nacional. No tenía carnet estudiantil, y las únicas putas a las que dejan entrar al Nacional es a las estudiantes (supongo que para incentivar el intercambio académico).

Ilza dijo, sin embargo, que tenía un lugar por ahí cerca al que podíamos ir a culear con calma.

La seguimos por las calles coloniales, a esa hora llenas de turistas, y nos metimos por un callejón más apartado. Se me ocurrió que quizá nos estaba embaucando, y le dije a Ilza claramente:

—Nosotros venimos con el alto Gobierno de Venezuela, ni se te ocurra hacernos trampa.

—Ay, mira tú –respondió–, ninguna trampa, si ustedes están de lo más ricos.

Scarlet estaba, como siempre, despreocupada, señalando el tamaño de las nalgas de Ilza y repitiéndome: "look at that ass!"

Llegamos a una casa enorme en la que había un gentío. Si Ilza pensaba meternos allí, para tirar cerca de esa multitud, estaba totalmente pelada. Para colmo se trataba de una ceremonia de Changó, al parecer estábamos en el día de Santa Bárbara. Unos babalaos se pasaban gallinas por el cuerpo, algunas vivas, otras muertas. Dos tipos vestidos de blanco dejaban caer sangre de los cuellos de las gallinas sobre el pecho de un viejo tirado en el suelo, que temblaba como poseído.

Afortunadamente pasamos de largo y llegamos a una reja que daba a unas escaleras. Un hombre blanco humilde de mediana edad abrió la reja para nosotros. Ilza lo saludó.

—Gracias, papá.

—Vaya, hija, atienda bien al turista.

El padre de Ilza nos sonrió con cordialidad y nos invitó, con un gesto, a subir las escaleras.

Subimos tres pisos y alcanzamos, jadeando, una terraza. Era un lugar increíble, se veía toda la Habana.

Nos sorprendió el cacareo de varias gallinas. Estaba muy oscuro para verlas, pero las escuchábamos por todos lados.

—No hagan caso de los pajaritos –dijo Ilza–, ustedes no vieron nada.

Esta pobre gente tiene que prostituir a sus hijas y esconder sus gallineros en las azoteas de sus casas. Me entró otra vez la puta culpa. Pero no… ¡en Cuba no puedo sentir culpa! Estos son nuestros esclavos. Lo que comen es gracias a nuestro petróleo y lo mínimo que pueden hacer es alquilarnos a sus hijas cuando venimos de visita. Todo esto es nuestro. ¡Viva la revolución!

En el centro de la azotea había un cuarto. Entramos. Ilza encendió una vela y dijo sonriendo:

—Aquí no hay luz, así que la cosa es bien romántica.

Se quitó la ropa y nos dejó ver, a la luz de las velas, un cuerpo que podría figurar en cualquier libro de ciencia como prueba de la maravilla genética cubana. Ilza era hija de un ruso con una negra: tenía culo y tetas de negra, con rostro y piel de blanca.

Yo todavía estaba ponderando los niveles de higiene de nuestro nido de amor, cuando vi que Scarlet se lanzó sobre ella. Ilza la desvistió, Scarlet la besó, la manoseó, la agarró con fuerza, como si su vida dependiese de ese cuerpo.

Yo me puse a observar y, otra vez, di gracias a Dios: tenía la oportunidad de experimentar dos de los placeres más grandes de la vida, hacer el amor con mi elegante mujer amada mientras tiraba con una perra divina.

Se pusieron a tijeretear… Entrelazaron sus muslos y frotaron cuca con cuca, clítoris con clítoris, en un compás simétrico e impecable… Estaban hechas la una para la otra. Fingí tener una batuta y me puse a dirigir como Dudamel, pero no aguanté más y le metí el güevo en la boca a la cubana. Scarlet se debe haber puesto celosa porque rápidamente se reincorporó y se lanzó sobre mi paloma a mamar. Pero yo la agarré y la puse encima de Ilza, formando una especie de Big Mac de culos, en cuatro.

Las fui penetrando a las dos: una vez a una, una vez a la otra; arriba, abajo, arriba, abajo, amor, sexo, amor, sexo... y así estuvimos inventando posiciones y figuras acrobáticas… al menos por dos horas… innumerables polvos, infinitas declaraciones de amor…

Regresamos al hotel al amanecer. Llegamos a la habitación y yo estaba listo para acostarme cuando Scarlet sugirió que durmiésemos en la playa.

—Cuartos de hotel hay en todos lados –dijo–, pero dormir en el Caribe es algo único en la vida.

En el hotel había un cibercafé, pero no había WiFi. Los iPhone seguían muertos, por lo que decidimos dejarlos en la habitación. Scarlet dijo que había descubierto que era más feliz sin celular. Creo que yo también. Sin duda todos los seres humanos seríamos más felices sin celular, lástima que más nunca lo sabremos. Estamos atados a estos aparatos para siempre, son nuestra condena, nuestra tortura. A menos de que estemos en Cuba.

Nos pusimos el traje de baño, bajamos y nos echamos en la playa, bajo sombrillas, a dormir todo el día.

Me desperté antes que ella, a eso de las dos de la tarde, y la vi durmiendo como un ángel. Sus pulmones respiraban el aire marino… En su boca había una leve sonrisa. Sus cabellos amarillos ondeaban con la brisa. Su blanca piel descansaba de una noche de caricias… La observé por largo rato sin poder moverme, en completo deleite visual… y pensé que por nada en el mundo podría vivir sin ella.

Le pedí a uno de los mesoneros que le echara un ojo y le dijera, si se despertaba, que yo ya volvía.

Me fui al lobby del hotel y entré a una tienda de joyas. Elegí un anillo con un enorme diamante amarillo en el centro y me dijeron que costaba veinte mil dólares

Subí al cuarto a buscar cash y vi su iPhone sobre la cama...

Estaba a punto de proponerle matrimonio a una mujer a la que hace una semana no conocía. La verdad es que no sabía prácticamente nada de su vida. Podía fácilmente encender su iPhone, sin ningún riesgo, y leer al menos los últimos cincuenta mensajes que había recibido, para saber si había algo de lo que preocuparse. Podía revisar sus textos, sus llamadas, sus aplicaciones, podía aprender tanto de ella... con tan solo dedicarme unos minutos a leer...

Podía...

Pero no debía...

Estaba viviendo momentos en los que las decisiones éticas importaban más que las prácticas. Había decepcionado a mis padres y no iba a poner una mancha en nuestra relación, así ella nunca se enterase, ultrajando su espacio privado para husmear secretos que quizá ella no estaba aún dispuesta a confiarme. Ya habría tiempo de conocerse. Ya llegaría el momento en el que fuésemos un ente unido, que todo lo decidiésemos juntos.

No.

No debía revisar su iPhone. Debía confiar. No había razones para imaginar que existía nada detrás de esa princesa... Esa niña perfecta que sobradamente me había demostrado ser.

Sin embargo encendí el puto iPhone.

Se iluminó la manzanita mordida. Apple me recordaba que estábamos en la tierra y no en el paraíso, por culpa de nuestra curiosidad. El iPhone de Scarlet en mis manos era eso: una manzana que morder para satisfacer mi deseo de conocer lo prohibido... En ese aparato se escondían los secretos de la mujer que salió de mi costilla, la compañera que el creador diseñó para ser mi compañera. Estaba en mí el dilema... morder o no morder...

Decidí morder y entregarme al destino... cualquiera que fuese... pero aparecieron los números que pedían el password, la clave secreta.

Imbécil, ¿qué creías tú...? Una mujer tan inteligente como Scarlet no se arriesgaría a exponer su vida al mundo...

Apagué el iPhone, avergonzado por mi curiosidad. Agarré los reales y salí del cuarto. Regresé a la joyería del lobby, compré el anillo de diamantes y regresé corriendo a la playa.

Para mi fortuna, ella seguía durmiendo. La desperté con besos suaves en la boca, y sonrió al verme. Dijo que tenía hambre.

Fuimos a la piscina. Almorzamos unos calamares al ajillo fresquecitos.

Nos soleamos. Compartimos varios Bloody Mary. Nos hicimos cuchi cuchi. Y tuvimos nuestra primera conversación seria sobre nuestra relación.

Le dije que nunca me había sentido así con nadie. Que estaba dispuesto a formalizar las cosas. Le propuse que comenzásemos a vivir juntos. Le dije que yo no tenía problemas por comenzar a pagar sus estudios... Le aseguré que estaba dispuesto a conocer a su familia y a pedirle la mano a su padre… Le juré fidelidad eterna y le prometí amarla en abundancia o escasez, hasta que la muerte nos separe…

… Y le di el anillo...

Se estremeció… lloró… dijo que todo había sido tan apresurado, pero que ella se sentía igual. Que nunca se había sentido tan completa. Que ya ni recordaba lo que era la vida sin mí…

Yo también lloré. Nos besamos. Nos reímos. Nos abrazamos. Brincamos. Le anunciamos a todos en la piscina que nos íbamos a casar. Ordené botellas de champagne para todos los presentes y brindamos...

Al rato subimos al cuarto, hicimos el amor una vez más. Decidimos irnos a Los Ángeles para casarnos lo antes posible. Cuadramos nuestro viaje de regreso a Caracas, empacamos, y nos fuimos de La Habana esa noche, en un vuelo comercial de Cubana de Aviación.

MASAJES CON DIAMANTES

Tenía como dos años que solo volaba en jets privados y se me había olvidado lo heavy que es viajar en aviones comerciales. Y eso que íbamos en primera clase, pero igual: el gentío en la puerta de embarque, la cola para entrar al avión, la empujadera, los malos humores y peores olores de la gente, los cientos de pasajeros esperando para hacer inmigración… Un desastre. Para volar así es mejor quedarse en casa.

Llamé a un pana y le pedí que nos ayudara a agilizar la vaina y no nos fastidiaran por el pasaporte de Scarlet. Pudimos pasar chola, pero igual hubo que esperar como cuarenta minutos, sin exagerar, para que salieran las benditas maletas en el fuckin carrusel.

Pantera nos estaba esperando. Andaba como deprimido. Tenía una gasa en el brazo. Parecía que de ahí le habían sacado un tiro. Le pregunté qué le pasaba y me dijo que había peos en el 23.

—¿Peos de qué tipo? –pregunté preocupado.

—De todo tipo, jefe. La gente está molesta y lo paga con uno. Anoche hubo tiroteo hasta las seis de la mañana. Uno se cansa.

—¿Y por qué no te mudas de esa vaina?

—No es tan fácil.

—Búscate un apartamentito –le dije–, por Altamira o por Las Mercedes… Yo te lo alquilo.

—Muchas gracias, jefe, lo que pasa es que nadie por esa zona le alquilaría su apartamento a uno como yo.

—¿Cómo que no? Si uno trae los reales…

—Si cada vez que entro a una panadería en el este, están a punto de tirarse al suelo, solo de verme.

—Pero con dinero te lo alquilan.

—No crea. Todo el mundo anda asustado con la ley de arrendamiento, creen que uno no va a pagar y se va a quedar allí.

—Podríamos pagar un año por adelantado.

—Podría ser.

—Búscate un sitio.

—Gracias, jefe. A lo mejor si usted lo alquila…

—Yo te ayudo, hermano, no te preocupes por eso.

Pantera, mi pana… un tipo tan noble… tenía razón: un negro como él, en el este de Caracas, sería mal visto. No importa cuánto billete tenga. No importa quién sea… Si alquila un apartamento, los vecinos se atemorizan, los inquilinos se espantan, y le baja el valor al edificio… Venezuela es uno de los países más racistas del mundo… y lo loco es que uno de nuestros orgullos es decirle al mundo lo contrario, que todos somos mezclados por lo que no hay racismo… Eso es totalmente falso, hay racismo de tonos: mientras más negros más chimbos… Y la revolución no ha hecho nada para cambiar eso: un político de la Cuarta República es el único negro que ha asumido un puesto público de relevancia desde que el Comandante tomó el poder. Y Venezolana de Televisión, el canal de la revolución, tiene puros blancos conduciendo sus programas estelares. Hay miles de ejemplos. En eso no hemos revolucionado. El elefante es blanco.

Llegamos a La Lagunita. Scarlet se echó un baño y se puso a empacar. Yo comencé a cuadrar un jet privado, ni loco me volvía a montar en avión comercial.

El testaferro del pana se llevó el Challenger 300 a Rusia con un exministro (aka La Momia), para cuadrar unos bisnes de armas. Los charters de La Carlota estaban todos reservados, y en Maiquetía lo único que había, en privados, eran unos bichitos que de vaina y llegan a Miami. Encima ya estaba oscureciendo, llegaríamos a media noche.

Llamé como loco a medio mundo y no hubo manera de encontrar alternativa… O me iba en un charter a Miami, o me esperaba cuarenta y ocho horas.

Le pregunté a Scarlet. Le gustó la idea de pasar una noche en Miami. A mí me parecía terrible… Miami es la vaina más ladilla del mundo… Una especie de meca del peregrinaje de la mediocridad latinoamericana. Pero nada, la idea de pasarme cuarenta y ocho horas más en esta mierda de país, se me hizo aún más espantosa… Así que cuadré el viaje y nos arrancamos otra vez para Maiquetía.

NOTA DEL COMPILADOR

Lo que sigue es la traducción de los mensajes privados intercambiados, vía Twitter, entre la señorita Scarlet y su novio Michael.

@ScarletT45
Hola.

@Michael31
WTF????

@ScarletT45
Perdona, sé q me desaparecí, historia larga.

@Michael31
Me prometiste 100 mil.

@ScarletT45
Los tengo n la mano, cash. Llego en 2 días a LA y t los doy.

@Michael31
Dónde stás?

@ScarletT45
Llego a Miami esta noche.

@Michael31
Me vas a dar el $ y t voy a pagar para cogerte como puta.

@ScarletT45
Jaja... será un honor.

@Michael31
No puedo creer q todo esto sea cierto.

@ScarletT45
Ya... deja el drama y olvídalo. No s el fin del mundo.

@Michael31
Eres la peor.

@ScarletT45
Nos vemos, te doy tu $, echamos una culeadita d despedida, y seguimos siendo socios en este negocio.

@Michael31
Dónde t vas a quedar n LA?

@ScarletT45
Mmmmm... No había pensado en eso...

@Michael31
Olvídate d quedarte aquí.

@ScarletT45
Okay.

@Michael31
Dile a Donald Trump q te ponga en el Four Seasons

@ScarletT45
OK, pero a lo mejor quiere ver dónde vivía, y vas a tener que hacerte pasar por mi "Gay roomate".

@Michael31
Estás loca.

@ScarletT45
Jajaja te estoy jodiendo. Aunque nunca se sabe :) Te aviso cuando vaya a LA. Q bueno q stás + calmado. Gracias. Y perdón..

Aterrizamos en Miami, alquilamos un Lamborghini Aventador y arrancamos hacia el Hotel Fontainebleau en South Beach.

El Fontainebleau es un pastiche mayamero típico, mezcla de glamour estilo antiguo con arquitectura moderna... Diseñado originalmente en 1954 por Morris Lapidus, se concibió como un teatro en el cual los huéspedes son los actores de la obra de la vida... Clásica paja. Lo cierto es que en su época Elvis Presley se quedaba aquí, y hoy en día desde los Victoria Secret fashion shows hasta los lanzamientos de discos de Madonna se realizan ahí.

Era casi medianoche cuando llegamos y Scarlet quería un masaje. Llamé a reservar y me dieron veinte tipos de masajes de los cuales elegir. Pregunté cuál era el más caro, y me dijeron que el masaje con diamantes para parejas. Costaba seis mil dólares. ¡Carajo! El masaje más caro que me había dado en mi vida, en Dubai, me había salido cinco mil dólares, y era porque me lo dieron cuatro masajistas en pelotas. Pero bueno... lo de los diamantes prometía. Así que sin mucho preguntar dije que sí.

Dejamos las maletas en la habitación y fuimos a una sala de spa, cubierta de vidrios, con vista al mar. Allí nos recibieron dos rubias enormes con pinta de vikingas noruegas. Nos invitaron a meternos en un jacuzzi con agua de eucaliptos para que se nos abriesen los poros. El agua del jacuzzi estaba tan caliente que se me cocinaron las bolas, al tradicional estilo del baño de maría. Pero en realidad la vaina era relajante.

Había que quitarse el Cubazuela de encima, y la menta acariciando nuestra piel hacía el trabajo.

A los diez minutos, las noruegas nos secaron y nos llevaron a un par de camas de masajes. Pero no eran las típicas camas de masajes con un hueco para el rostro en la parte de arriba... estas asumían diferentes posturas según consideraba necesario la terapeuta... Eran, escúchese bien: "camas inteligentes". Échale bola, camas inteligentes. A lo que hemos llegado. Un mundo de vainas inteligentes y gente bruta.

El masaje comenzó de lo más normal, y estaba a punto de preguntar por qué me habían clavado seis lucas en una vaina que se llamaba masaje con diamantes, si lo que me estaban era sobando, cuando las noruegas salieron de la habitación y volvieron con un pequeño cofre lleno de un polvo brillante.

Diamantes pulverizados, compañero, polvo de diamantes... la última revolución dermatológica... el material más duro del planeta penetraba mis poros acabando con cualquier tipo de impurezas. Adicionalmente, los diamantes balanceaban el campo magnético y liberaban el stress creado por la constante exposición a la tecnología de celulares, televisores, computadores, rayos X de aeropuertos, cambios de presión en vuelos aéreos, etcétera.

Debo decirlo, seis lucas y todo, pero la vaina valía la pena. Además al final le dieron a Scarlet un pequeño diamantico, que justificaba el precio. Se nos quitó la pava tropical por completo y volvimos a ser quienes éramos... gente de mundo, gente que sabe vivir.

Cenamos en el restaurante Scarpetta, de un chef premiado no sé dónde coño, tomamos un vino exquisito de California, que Scarlet identificó como maravilla, y nos fuimos a dormir. Estábamos demasiado cansados para rumbear, ni siquiera tiramos esa noche. Nos acostamos abrazados, no como amantes sino como marido y mujer.

Al despertar, Scarlet tuvo una idea revolucionaria: ¡vamos a disparar!

Algo difícil de entender, para la mayoría de los latinoamericanos, es que los gringos de las grandes ciudades ven el estado de Florida como un lugar de campesinos. A Miami vienen todas las oligarquías de América Latina en busca del buen vivir; pero para los gringos, Florida es una granja con la gente más gorda y menos educada del país. Por ello era lógico para Scarlet que, estando allí, nos fuésemos a disparar.

Pedimos el Lamborghini en el valet y manejamos diez minutos hasta llegar a un lugar bien coqueto y rural llamado Charlie's Armory Guns and Ammo. Scarlet pidió una Beretta 9mm, y yo pedí una Glock, también 9mm.

Entramos al centro de tiro. Colgamos nuestro blanco y lo pusimos en posición. Cubrimos nuestros oídos con audífonos protectores y comenzamos a disparar. Scarlet no lo hizo mal... pero lo mío fue impresionante. De los primeros veinte tiros que eché, doce cayeron relativamente cerca del blanco.

No sé si la fascinación de las hembras por las armas es una vaina gringa, venezolana o universal... no sé si la violencia criolla se le había metido por las venas... lo cierto es que Scarlet pareció terminar de enamorarse de mí cuando me vio disparando. Tanto así que decidió, sin que yo pudiese protestar, comprarme una pistola.

Comprar una pistola en el imperio es la vaina más fácil del mundo. No necesitas licencia de porte de armas, es un derecho constitucional. Y así fue como salí con mi primera pistola personal, una Colt 2011 Mag-na-port Gold Cup Trophy, dorada, con cacha negra calibre 45 AP, semi automática, con gatillo de aluminio y un sello que celebraba los cien años del lanzamiento del modelo... Una verdadera cuchura.

Nunca había tenido una pistola, nunca había matado a nadie, ni había sentido la necesidad de portar un arma para protegerme. Pero debo reconocer que mientras manejaba de regreso al Fontainebleau, en mi Lamborghini con mi catira y mi pistola, pensé que estaba entrando a una nueva etapa en mi vida: una etapa llena de madurez, producto de todo lo aprendido y reflexionado en este viaje en el que se había convertido mi existencia. Pronto cumpliría treinta años, era un revolucionario exitoso y respetado y ya tenía todo el sueño americano rendido a mis pies. Había coronado en Venezuela y en los Estados Unidos, dos extremos de un mundo injusto, dos países socios en guerra fría... El ying y el yang del espíritu de nuestros tiempos.

Me tomó un par de llamadas planear nuestra boda, como sorpresa para Scarlet, en el aeropuerto de Opa-Locka, a veinte minutos de South Beach. Un notario nos encontró en las escaleras del Falcon 50 que había reservado como escenario para nuestra primera noche de casados...

El piloto y el copiloto fueron nuestros testigos. No hubo acuerdo prenupcial, no hubo Grupo Tártara invitado ni Puma cantando "San Martín". Solo hubo amor e intimidad, como deberían ser todas las bodas. Una cuestión de pareja, para la pareja. Eso de hacer bodas grandes siempre me ha parecido pavoso, y creo esas bodas son una de las razones por las que en esta época todo el mundo se divorcia.

El avión había sido decorado como nido de amor. Rosas, orquídeas, nueces, almendras, Dom Pérignon... Hicimos el amor cruzando los mismos aires en los que había comenzado nuestra unión. Nos reímos abrazados mientras sobrevolamos el río Mississippi, las granjas de Texas, las montañas de Nuevo México, los desiertos de Arizona, las montañas rocosas de la frontera de Nevada y California. Finalmente llegamos a la ciudad de Los Ángeles... el nido materno de mi ángel eterno.

NOTA DEL COMPILADOR
Lo que sigue es la traducción de los mensajes privados intercambiados, vía Twitter, entre la señorita Scarlet y su novio Michael.

@ScarletT45
Estoy en LA.

> @Michael31
> Dónde?

@ScarletT45
No importa. Búscame mañana 10am n UCLA.

> @Michael31
> En q parte?

@ScarletT45
campus, puerta sur. Llámame a las 9:50 y t digo dónde.

> @Michael31
> OK.

@ScarletT45
Trae condones :)

> @Michael31
> Perra!

@ScarletT45
Gracias :))))

EL IMPERIO NO PAGA

Alquilamos un Ferrari 458 Italia, en mi opinión el mejor carro del mercado. Fuimos a The Beverly Hills Hotel. Alquilé la suite en la que Marilyn Monroe se había hospedado durante un año. Comimos en el restaurante del patio central y allí me encontré a Julian Schnabel. Schnabel es un judío, hijo de sionistas, que se está culeando a una periodista palestina y como consecuencia hizo una película pro Palestina en la que todos los palestinos hablan inglés. Lo saludé, pues lo conocía a través de Carlos Bardem, el hermano de Javier que se parece a Noriega… y por asociación me puse a pensar en Noriega…

El legendario Noriega... Lo acababan de trasladar desde París a Panamá, a una cárcel llamada El Renacer. Estaba viejo, decrépito, se movilizaba en una silla de ruedas, había pagado condena en Estados Unidos y en Francia, y ahora terminaba en Panamá… A pasar los últimos años de su vida rostizándose en una celda bajo el calor panameño. Ningún renacer.

Noriega era la viva representación del otro lado de la moneda. Un militar aliado con Estados Unidos, llegó al poder raspándose al revolucionario comandante Omar Torrijos, le dio a los gringos todo lo que quisieron para combatir a las guerrillas centroamericanas, montó sus negocios paralelos… tuvo el poder que quiso en su país y fue recibido con honores en todos lados. La cosa iba bien hasta que se le subió el orgullo latinoamericano a la cabeza y decidió dejar de traicionar a sus países vecinos, levantó su machete contra el imperio y los gringos se hartaron de él.

El imperio no paga. Todos los que se han aliado con el imperio han terminado presos o asesinados. Los únicos que pagan son los rusos y los chinos. Allí está Assad, en Siria, guapeando: el pueblo en la calle recibiendo plomo, pero no lo tumba nadie. Y dígame Ahmadinejad en Irán: se le alzó medio país, metió presos y se violó a miles de estudiantes y nada… sigue duro ahí. ¿Por qué? Porque ambos tienen detrás a China y a Rusia.

En cambio Mubarak, que tenía detrás a los gringos, salió rapidito, en un par de meses de protestas con apenas trescientos muertos. Ni hablar de Saddam Hussein, que hizo todo por los gringos en la guerra Irán-Irak y terminó siendo invadido, colgado y ejecutado casi en vivo por la tele. Ejemplos hay miles. Pero el peor es el pobre Gadafi, que se hizo pana de Tony Blair y puso a Berlusconi a tirar con carajitas, solo para que ambos lo terminaran bombardeando…

Lo dije y lo repito: el imperio no paga. Por eso nuestra revolución bolivariana está blindada, porque el Comandante se alió con los rusos y los chinos, y esos no traicionan a nadie. El conejo que crea que es mejor aliarse con los gringos, no tiene ni idea. A los gringos lo que hay es que darles su petróleo y los reales de la deuda, lo demás les sabe a mierda.

La Toya Jackson estaba en la mesa de al lado, pero ella no me hizo reflexionar sobre la revolución, sino sobre mi futuro. ¡Nuestro futuro! No con la Toya, sino con Scarlet.

Ni me había dado cuenta de la vaina: ¡soy un hombre casado! Hay que planificar muchas cosas. ¿Dónde vamos a vivir? ¿Cuál será la dinámica de nuestro matrimonio?

Le pregunté a Scarlet cómo quería manejar las cosas. Me dijo que a ella le faltaba un año y medio para graduarse de psicóloga en UCLA, por lo que deberíamos hacer de Los Ángeles nuestra ciudad, al menos temporalmente. Le pregunté dónde vivía, y me dijo que en una residencia estudiantil de la universidad. Le dije que quería ir a ver dónde y me dijo que era una residencia solo de mujeres, en la que no dejaban entrar hombres.

Se me salió una sonrisa... y me puse quesúo. Yo no sé si es la televisión, el cine, las pornos... o la combinación de las anteriores... pero creo que todo hombre latinoamericano pasa su adolescencia rallando yuca, soñando con los dormitorios "solo para mujeres" de las universidades gringas. Pensar que Scarlet vivía allí, en uno de esos nidos abarrotados de catiras rumberas con inclinaciones lésbicas y un afán desenfrenado por el exceso de alcohol, me hizo enamorarme de ella aún más.

Le sugerí que abriéramos una cuenta bancaria juntos. Era necesario que ella tuviese su propia tarjeta y cierta independencia. Me dijo que esa era decisión mía. A ella el dinero no le importaba, y no quería que yo pensara que estaba conmigo por interés.

Me pareció rara la aclaración. ¿Acaso no veía yo lo enamorada que estaba de mí? Ni me había pasado por la cabeza su interés en mi dinero. Además, venía de buena familia, su padre era un gran empresario capaz de jugarse varias decenas de miles de dólares en una mano de póker...

Quedamos en ir al día siguiente bien temprano a un Bank of America para abrir la cuenta. Yo luego la dejaría, antes de las diez de la mañana, en UCLA, para que fuese a clases.

Así lo hicimos. Le transferí trescientas lucas, para que dejase de pensar en dinero. Y la dejé en la entrada de Brentwood de UCLA.

La vi caminar con su maleta entre cientos de estudiantes, bajo ese sol único del sur de California, y pensé que no pude haber elegido mejor compañera de vida. Era una persona pura, tan alejada del mundo de vicios y guisos de la tierra que me vio nacer. Una niña en busca del conocimiento académico, que quizá en el futuro querrá tener una consulta privada para ayudar a la gente. Quizá no, quizá quiera vivir viajando por el mundo conmigo y sus conocimientos de psicología los aplicaría en la educación de nuestros hijos.

Al perderla de vista me encontré frente a mi nueva realidad: Los Ángeles. Había quedado en recoger a Scarlet a las tres de la tarde, por lo que tenía cinco horas para quemar.

Entré a un dispensario de marihuana, dije que me dolía la cabeza y me dieron mi credencial. Pedí que me vendiesen un cigarrillo electrónico y un gotero de hierba líquida. Lo cargué y me fui en mi Ferrari fumando por Sunset Boulevard, tripeando las calles de West Hollywood, adaptándome a mi nueva ciudad.

Estuve girando varias horas, quemando tiempo y tripeando la movida. Cuando recogí a Scarlet estaba completamente arrebatado. Me vio y me dijo que era un descarado, pero lo dijo con una sonrisa. No me juzgaba, me comprendía; pero me recriminaba no haberla invitado. Para eso era mi mujer, para orientarme, no para regañarme. Para compartir.

—De ahora en adelante tenemos que rumbear siempre juntos –dijo–, si lo hacemos separados comienzan los problemas.

Era una noción nueva para mí, pero me parecía de lo más emocionante. Le expliqué que quería comprar una casa, pero que me sentiría como un idiota haciéndolo sin ella. Sugirió que dedicásemos el fin de semana a verlas. Me preguntó cuánto pensaba poner como inicial para una casa. Le dije que si encontrábamos algo bueno podría poner hasta ochocientos mil (el 10% de ocho millones). Pero que teníamos que estar realmente fascinados con el lugar.

Me dijo que algo encontraríamos por esa cantidad, sin ningún problema. Acaricié su rostro y me besó la yema de los dedos. Era un gesto tan pequeño, pero me dio un escalofrío orgásmico por todo el cuerpo. Nos tomamos un vino y nos fuimos a caminar a la playa.

Hacía frío pero no importaba. La playa era nuestra. Por kilómetros, ni un alma. Solo nosotros, dos amantes caminando abrazados, casi sin hablar, respirando el aire denso y salado del Océano Pacífico.

Llegamos al muelle de Venice. Caminamos como cien metros hasta el final. Miramos la luna y su reflejo sobre un mar infinito que parecía salido de un sueño…

—I love you –me dijo, por primera vez desde que la conocía.

Nos abrazamos. Respiramos juntos al mismo compás. Sin decir más nada lo dijimos todo… Nuestra unión era infinita… como el misterio de las materia que conecta al espacio… como ese mar, que desde América llega hasta Japón y esconde las más fieras criaturas de la tierra…

Allí… como para recordarme una vez más y por siempre ese balance universal que impide que existan momentos perfectos… recibí la llamada que acabaría con mi vida.

—¿Juan?

—Sí.

—Es tu mamá.

—¿Qué pasó?

—Tu padre…

—¿Qué pasó?

—Me lo mataron.

NOTA DEL COMPILADOR

Lo que sigue es la traducción de los mensajes privados intercambiados, vía Twitter, entre la señorita Scarlet y su amiga Zoe.

@ScarletT45
stoy en LA!

> @Zoe23
> n serio?

@ScarletT45
Llegué ayer.

> @Zoe23
> Q ha pasado????

@ScarletT45
Me casé!!!

> @Zoe23
> Qué?!!!!

@ScarletT45
T tengo q contar muchas cosas.

> @Zoe23
> Ya veo. Dónde t stás quedando?

@ScarletT45
The Beverly Hills Hotel

> @Zoe23
> Jajajaja

@ScarletT45
En serio.

@Zoe23
Y yo también me puedo casar con él?

@ScarletT45
Jajaja puta.

@Zoe23
Michael sabe q estás aquí?

@ScarletT45
Sí, hoy nos vimos.

@Zoe23
Q tal?

@ScarletT45
Vente para el hotel mañana y t cuento todo.

@Zoe23
Y voy a conocer al Príncipe?

@ScarletT45
No es príncipe. Y no lo vas a conocer. Tiene que salir corriendo a Venezuela esta noche... una tragedia familiar.

@Zoe23
Q pasó?

@ScarletT45
Horrible. Le mataron al Papá. Un viejito de lo + dulce. Ese país es muy loco.

@Zoe23
Y tú no vas con él?

@ScarletT45
No quiere q vaya, dice q es muy peligroso... y evidentemente tiene razón. No ha parado de llorar. No t imaginas lo q ha sido esto.

@Zoe23
Y tú cómo estás?

@ScarletT45
Confundida. Por eso quiero que vengas. Además tengo una suite increíble, solo para mí.

@Zoe23
T llamo temprano para ir.

@ScarletT45
No le digas nada a Michael, no sabe dónde m estoy quedando.

@Zoe23
Obvio.

YO SOY LA MUERTE

No fue su culpa. Estaba echando gasolina en la bomba de la principal de Las Mercedes, un lunes en la tarde, regresando de un chequeo médico en la Asociación de Profesores de la UCV. Al parecer en el carro de al lado había un secuestro y un policía de Baruta decidió investigar. Se armó un tiroteo. Se rasparon al policía, a uno de los malandros y a mi papá.

La bala atravesó el vidrio de su Caprice Classic y se le metió en el ojo izquierdo. Murió en el sitio, en el mismo Caprice Classic en el que me llevó al colegio durante años. Probablemente ni se enteró. A lo mejor escuchó un ruido, se volteó y boom... murió sin derecho a una última reflexión.

Mi único consuelo era ese. Sabía que si mi padre hubiese muerto poco a poco, por un tiro en el pecho o desangrado, hubiese muerto pensando que todo era culpa mía. Para él yo representaba la revolución, y para él no había duda de que morir asesinado, en la Venezuela del siglo veintiuno, era morir a manos de la revolución.

La noticia salió en internet primero, en varias páginas de oposición.

"Padre de empresario oficialista entre víctimas de tiroteo de Las Mercedes".

Los comentarios de los usuarios eran escalofriantes. Todos, o casi todos, celebraban la muerte de mi padre.

"A ustedes también les toca chaburros".

"Una rata menos, ojalá los maten a todos".

"Falta que digan que la vaina es culpa de la CIA".

"Uno no debe alegrarse por la muerte de nadie pero... JAJAAAAJJJAAJ..."

"No sean degenerados, porque el hijo haya sido un hijo de puta no significa que el padre merecía morir".

No sé por qué los leía, pero no podía parar de leerlos. Cientos de personas, que nunca me habían conocido, celebraban la desgracia más grande de mi vida. Y mi padre, que en paz descanse, probablemente los leía desde el más allá, y estaba de acuerdo con ellos: les pedía que me hirieran, que me recordaran por siempre que yo no soy inocente en este parricidio.

Empaqué mi Colt Gold Trophy con varias municiones. Scarlet se preocupó al ver que llevaría la pistola que me regaló.

—No vayas a cometer ninguna tontería –me dijo.

—No te preocupes –la calmé y le di un beso–, es solo por precaución. Todavía no sabemos si hay algo detrás del asunto y es mejor estar protegido.

Le pedí a Scarlet que se quedara en California mientras yo iba al entierro. No quería arriesgar su vida. Desde que recibí la noticia en el muelle de Venice Beach, hasta que me despedí de ella en el aeropuerto, no había parado de llorar. Scarlet lloró conmigo. Me acarició el cabello toda la noche, consolándome, diciendo que cuando a la gente le toca no importa dónde está... la muerte llega...

Me perseguía la imagen de mi padre con la cabeza perforada por una bala, tirado sobre un carro en Las Mercedes mientras cientos de morbosos degenerados venían a verlo. Me atormentaba la idea del camión de la morgue llegando a llevarse su cuerpo... Los oficiales revisando sus documentos, robándose el poco efectivo que tendría, embolsillándose su reloj, llamando a mi madre, pidiéndole que viniese a reconocer el cadáver... Mi madre pidiendo un taxi, temblando de miedo, rezando para que no fuese cierto... llegando a la morgue, respirando el olor a sangre de propios y ajenos... viendo el rostro agujereado del hombre con el cual había estado casada durante casi cuatro décadas... la luz de su vida... el padre de su único hijo... Mi madre arrodillada de dolor, confirmando que era en efecto el cuerpo, sin querer separarse de él... horrorizada para siempre, incapaz de volver a sentir más nunca la menor dosis de aquello que hasta ahora había conocido como felicidad...

Bienvenido al infierno, Juan Planchard. Aquí llegan aquellos que matan a su padre. Aquí torturamos a quienes destruyen el alma de sus madres. Aquí no hay dinero que te salve, no hay amor que te consuele, no hay aviones privados ni experiencias culinarias... aquí no hay sino dolor... dolor eterno que quema, que muele los huesos, que aprieta el pecho, que pica los dientes, que sabe a asfalto, que huele a bilis, que suena a uñas rasgando huesos de cuerpos mutilados...

Conseguí un Gulfstream V que me llevó directo a Venezuela desde Burbank. Al aterrizar viajé en helicóptero a

La Carlota y allí me recogió Pantera. Me dio un abrazo y me dijo que lo sentía mucho.

—Ya estamos montados en el caso, jefe. A esos tipos los vamos a calcinar…

—Más les vale –contesté sin ceremonia.

De nada me serviría tener en frente al asesino de mi padre. Sería una pequeña purga en mi camino inequívoco hacia un destino maldito… no aliviaría ni un instante mi dolor ni mucho menos el de mi madre. Pero igual… lo necesitaba. Necesitaba verle los ojos, apagárselos, sacarlo de este mundo tan horrible en el que yo estaba condenado a vivir, en el que claramente no cabíamos los dos.

Llegué a casa de mis padres, me persigné, y entré.

Había más de veinte personas en la casa: amigos de mi padre, profesores de la UCV, vecinos, conocidos de mi madre, uno que otro tío lejano… Un féretro negro en el centro, cubierto de flores, y mi madre vestida de negro con el rostro tapado con un velo, sollozando en voz baja, temblando, probablemente deshidratada tras veinticuatro horas sin dejar de llorar…

Crucé la habitación y se hizo silencio. Todos los ojos apuntaron hacia mí. Era el juicio de una clase media profesional que había sido consumida por la muerte y por el pánico. "A todos nos va a tocar", decían sus ojos, "y es todo culpa tuya…"

Yo me había convertido en el tipo al que insultaban en las páginas webs, en las calles y hasta en el propio velorio de mi padre. "El revolucionario castigado por el hampa". Nada importaban mis sentimientos. Nada importaba que mi vida había terminado con la de mi progenitor. Solo importaba que mis intereses y los de mis semejantes habían permitido esta muerte y decenas de miles más...

Me acerqué a mi madre y me abrazó. Lloró sobre mi cuello; ella sí, generosa en su dolor, sabiendo que era también el mío. Sus lágrimas y las mías se hicieron una sola cascada de sufrimiento, de arrepentimiento, de todo lo que comience en emoción y termine en "miento". Porque todas las palabras, en una hora como esta, son insuficientes, carecen de valor para describir ese vacío, ese fin.

El cuerpo de mi padre estaba cubierto... su rostro, evidentemente, estaba impresentable... y debo reconocer que lo agradecí... Eso de ver a mi padre muerto era más que lo que estaba capacitado para soportar. Le pregunté a mi madre si quería agua, y no fue capaz de responderme. "Qué voy a hacer yo ahora", era lo único que repetía entre sollozos. "No te preocupes, ma, yo voy cuidar de ti", le dije intentando consolarla.

Los presentes comenzaron a susurrar. Sé que hablaban de mí. Sé que me veían como el único asesino... Allí estaban, solemnes miembros de las academias criollas, viendo a uno de sus grandes caer a manos de una barbarie que yo había propiciado.

La caravana fúnebre emprendió el viaje por la autopista hacia el Cementerio del Este. Mi madre quiso ir en la propia carroza, acompañando a su marido en su último viaje terrenal.

En la autopista, como siempre, había tráfico. Y como si Dios quisiese burlarse de nosotros, a la altura de Petare, aunque usted no lo crea, un par de malandritos de quince años se pusieron a atracar carro por carro.

Usaban el mismo modus operandi de siempre: pistola en mano, tocaban la ventana y pedían celulares, efectivo, o cualquier cosa de valor y que fuese fácil llevarse. Pensé en agarrar mi Colt y meterle un tiro a cada uno, pero no la tenía conmigo. En medio de la locura se me había olvidado por completo y la había dejado en mi maleta.

—Dame tu pistola –le dije a Pantera.

—Tranquilícese, jefe, estamos blindados.

—Dame la pistola.

Pantera me miró y sacudió la cabeza negativamente.

—Eso no resuelve nada, jefe. Esos carajitos no son los que lo mataron.

—Dame la pistola, te dije.

—Estamos en vehículo oficial, nos podemos meter en un peo. Si usted quiere volarle el coco a alguien vuéleselo al indicado, tenga paciencia que ya se lo vamos a encontrar…

—¡DAME LA PISTOLA! –grité a todo pulmón.

Pantera me entregó su Glock, resignado, y siguió manejando, mirando al frente, sacudiendo la cabeza negativamente, indignado.

Los malandritos estaban a dos carros de nosotros. Yo comencé a bajar la ventana. Pantera siguió hablando:

—Se va a arrepentir, jefe, tiene mucho que perder.

¿Mucho que perder? Estaba muerto en vida, ya lo había perdido todo. Le apunté a la cabeza de uno de los chamines. Y fue como si el tiempo se detuviese por un espacio eterno. Mi dedo índice sobre el gatillo se babeaba por morder el final de la vida de ese maldito que, tarde o temprano, mataría a otro mejor que él. Matarlo era salvar a varios. Matarlo era salvar el futuro de la nación... hacer de su sangre una semilla que dé frutos para tiempos mejores… Era evitarle llantos de horror a otra madre y a otro hijo… Era comenzar a expiar mis pecados y hacer justicia indirecta.

Todo análisis moral me hizo pensar que debía apretar el gatillo. Volar en pedazos esa cabeza, poner mi grano de arena en la reconstrucción de la nación…

Respiré profundo, tuve un instante más de reflexión… y después vino la calma… La calma total necesaria para efectuar mi primer asesinato…

Comencé a apretar el gatillo…

Y sonó mi celular…

Bajé el arma.

Miré a Pantera.

Pantera subió el vidrio.

El celular siguió sonando. Era un número privado. Pensé que era Scarlet y que el destino me había salvado otra vez, a través de ella. Pero al agarrar me llevé una sorpresa.

—¿Juan?

—Sí.

—Vera Góldiger.

—Hola.

—Me enteré… No sabes cuánto lo siento.

—Ya…

—De verdad, me puse llorar y todo.

—Gracias.

—Yo me encargo de lo demás, no te preocupes. Revisa tu cuenta en par de días. Todo se concretó.

—Okay.

—Cuídate mucho, Juancito. Ya sabes que me tienes para que necesites.

Los malandritos ni se dieron cuenta, ni se acercaron a nuestra camioneta. Desaparecieron del tránsito y regresaron al cerro de Petare.

—Provoca es matarlos a todos en ese barrio de mierda –dije con genuinos deseos de volar en pedazos toda la miseria que tenía en frente.

Así funciona el cerebro humano. Por eso es que hay guerras. Por eso es que hay muertos. Tú a mí, yo a ti… El glorioso Petare hace años que se le había volteado a la revolución. Probablemente eran todos más inocentes que yo.

—Usted se tiene que tranquilizar, jefe –dijo Pantera–, en momentos como el suyo se cometen errores que se pueden pagar toda la vida… Además, no se olvide que en esos barrios la mayoría es gente buena. Gente que no está allí por mala sino por pobre.

Hubo un largo silencio, y después de aguantar por un minuto mis ganas de llorar, dije:

—Lo único que te pido… es que si encuentran a los tipos me avises. Los quiero matar yo.

—Cuente con eso. Pero no pierda el sentido ahora. Confíe en el Señor.

El Señor. Jesucristo. El Señor y su espíritu. El Señor se sacrificó por mis pecados. Gracias, Dios. Perdóname, Señor. Perdona a tu pueblo, Señor. Somos ciegos. Siempre hemos sido ciegos. Yo era ciego y ahora puedo ver. Gracias a ti, Señor. Ten piedad de nosotros, Señor.

El entierro en el Cementerio del Este tuvo el mismo nivel de intensidad que el velorio. Polvo al polvo. Antes de lo debido. Mi padre nunca descansaría en paz porque su muerte simbolizaba su derrota como educador, como venezolano, como padre...

Al día siguiente, las elecciones de la Federación de Centros Universitarios de la UCV las ganaron los adecos, por primera vez en cincuenta y un años. La última vez había sido en 1960, cuando Rómulo Betancourt era presidente de Venezuela. Los adecos de entonces acababan de tumbar a la dictadura de derechas del general Marcos Pérez Jiménez, el Pinochet venezolano... y habían recibido el apodo de adecos, porque los milicos fachos decían que eran comunistas. AD eran las siglas del partido Acción Democrática. ADECOS era la abreviación de ADCOmunistas.

El partido representó la esperanza de las mayorías por un tiempo. Después se fue degenerando hasta que se convirtió en una maquinaria de corrupción sin ideología. De esa enfermedad nació el descontento que parió la revolución.

Ahora, terminando el 2011, a menos de un año de otras elecciones presidenciales, con verdaderos comunistas en el poder y una enfermedad que carcomía a nuestro líder; la UCV daba un giro escalofriante hacia el pasado. Un giro que a mí me horrorizaba pero que probablemente hubiese hecho sonreír a mi papá.

Volví a casa con mi madre. La acosté para que descansara. Me pidió que me quedase en la cama con ella y así lo hice. Se recostó sobre mi hombro y se quedó dormida, dejándome inmóvil, anclado al lecho sobre el cual había dormido mi progenitor por más de treinta años. En esa cama yo había sido concebido. Entre esas paredes habían reído, habían llorado, habían existido mis creadores, como una unidad. Ahora solo estaba ella, conmigo. Yo era el hombre de la casa. El único capaz de cuidar de ella. El único que podía darle fuerza para que no se me derrumbase en un lodazal de dolor.

Me dormí junto a ella, y desperté en la oscuridad. Eran las cuatro de la mañana. Mi madre dormía aún con la ropa del entierro. La casa estaba sola. Mi padre se había ido y nunca iba a regresar.

Salí al balcón a coger aire. Desde allí se veía todo el boulevard de El Cafetal. El Ávila se adivinaba en la distancia, oscuro y solemne, testigo indiferente de nuestra violencia.

Llamé a Scarlet. No contestó. Respiré hondo.

Era difícil, en medio de todo esto, recordar que hacía apenas unos días me había casado y era el hombre más feliz del mundo. Casi no conocía a Scarlet, y ella estaba allá, en Los Ángeles, una ciudad que en este momento sonaba tan ajena, tan distante.

Pero mi teléfono sonó otra vez... y al escuchar su voz se me encogió el corazón.

—Estaba durmiendo, disculpa que no agarré.

—No te preocupes.

—¿Cómo va eso?

—Mal.

—Me imagino.

—Ya lo enterramos.

—Ufff.

—Así es.

—¿Y tú mamá?

—Mal. No sé qué hacer con ella.

—¿Por qué no te la traes?

—¿A Los Ángeles?

—Al menos unos días. No es bueno que esté en Caracas, en la casa de tu padre. Todo le recordará lo que perdió. Es importante que se distraiga... además ella no debería quedarse a vivir en ese país.

—Tú eres tan noble...

—Es lo normal.

—Déjame preguntarle cuando se despierte.

—Si quieres yo hablo con ella.

—Gracias, mi bella... ¿Y tú qué hiciste hoy?

—No mucho... fui a la universidad, y después vino una amiga aquí a la piscina a visitarme.

—¿Cómo se llama?

—Zoe.

—Ya la conoceré.

—Se portó muy bien conmigo.

—Qué bueno. Te llamo mañana apenas me despierte.

—OK. Te amo.

—Yo también.

Colgué y respiré hondo… Su voz y el fresco urbano de la madrugada caraqueña me dio un poco de esperanza.

Quizá Pantera tenía razón y yo sí tenía "mucho que perder". Quizá de eso se trataba la vida: de ir sumando afectos, para tener algo que perder y así evitar actuar como si nada valiese la pena.

Regresé a la cama, vi a mi madre durmiendo y me acosté junto a ella.

Desperté cuando ya había amanecido. Escuché los sollozos de mi madre fuera de la habitación. Salí del cuarto y la encontré sobre el sofá de la sala mirando el vacío.

—Hola, mamá –dije con cariño.

Se volteó y me sonrió con una larga tristeza

—Hola, tesoro. Qué bueno que estás aquí. Hace como veinte años que no dormías en mi cama.

Me besó la frente y me abrazó, un poco más fuerte que lo normal. Sus ojos lloraban pero ya era una reacción natural, inconsciente, como si no fuesen a dejar de llorar jamás.

Cocinamos juntos unas arepitas. Ella hizo la masa y yo las fui friendo a la plancha mientras ella hacía el café.

Pasamos toda la mañana hablando de mi padre. A veces llorábamos. A veces reíamos. Pero en general lo pasamos bien… Creo que nunca en mi vida me había sentido tan cerca de mi madre. Ella solo me tenía a mí, y yo, además de a Scarlet en la distancia, solo la tenía a ella.

—¿Qué voy a hacer ahora, Juan? —preguntó sin tener la más mínima idea—, me cortaron la vida. Yo tengo treinta y siete años con tu padre, no sé hacer nada sin él.

La invité a California. Le dije que Scarlet había sugerido que viniera, aunque sea una semana, a relajarse y a distraerse. Me dijo que lo iba a pensar pero que ella no quería arruinar mi vida.

Al mediodía dijo que quería reposar, y a mí me entró una llamada de Pantera.

—Jefe, tenemos a los sujetos identificados y ubicados.

—¿Dónde?

—En el barrio Los Sin Techos.

—¿Y cuál es el plan?

—El Comisario pidió reunirse con usted. Las tropas están listas pero sabe cómo es, hay que negociar.

—Dame unos días…

—Negativo, jefe. Los tipos están dateados, saben que usté está enchufado, y van a estar abandonando la zona en las próximas horas. Hay que actuar con rapidez.

—Dile al Comisario que me llame después y yo cuadro con él.

Pantera hizo un silencio, como pensando. Después dijo:

—Yo pensaba que usted quería participar en la operación.

Me dejó frío. Pero era cierto… mandar tropas a vengar la muerte de mi padre era un gesto cobarde. Si se iba a realizar la vaina, yo tenía que estar involucrado.

—¿Dónde está el Comisario? –pregunté.

—En La Peste.

—¿Qué vaina es esa?

—Arriba del Cementerio General del Sur, en las fosas comunes. Tienen un canario cantando hasta "el Alma Llanera" y están monitoreando la zona, preparando el procedimiento.

—No me jodas. De aquí al cementerio en esta tranca son como dos horas.

—Lo busco en la moto y llegamos corto y preciso.

"El destino baraja las cartas pero nosotros las jugamos". Lo había dicho José Stalin, el hombre de hierro que se raspó a Hitler. Ahora lo decía yo. Las cartas sobre la mesa. La venganza servida fría, de manera casi inmediata. Podía simplemente decir que no, refugiarme en mi apartamento burgués, con mi madre, dejarle a otros el trabajo sucio… o simplemente dejar que los asesinos de mi padre escaparan.

—¿En cuánto puedes estar aquí? –pregunté como toda respuesta.

—Ya estoy llegando, baje de una vez.

Le dejé una nota a mi madre, que aún dormía. "Vuelvo en un par de horas, cualquier cosa llámame al 04166219210". Saqué mi Colt de la maleta, me la colgué del blue jean y me puse encima una chaqueta de cuero que parecía de paco. Agarré todas las municiones que tenía y salí de la casa.

LA PESTE

En la planta baja me esperaba Pantera, en una moto deportiva XR, recién lavada pero viejita. Me hizo un gesto para que me montase detrás de él.

—¿No tienes casco? –pregunté.

Me miró convencido de que lo estaba jodiendo y mientras arrancaba dijo.

—Aaaaayyyyyy, jefe, usted con sus mariqueras.

Pantera era un maestro culebreando. Del Cafetal agarramos autopista, y el hombre aprovechó una tranca fenomenal para ir a toda velocidad entre los carros. De vez en cuando uno que otro güevón se nos atravesaba y nos daba un sustito… A mí me tocaba la noble labor de patearle el espejo para que respetara…

Después de veinte minutos comiendo humo y zigzagueando, salimos de la autopista y nos adentramos en la urbanización "El Cementerio". Alguien, algún día, debería explicarle a esa gente decente que no debe permitir que su urbanización se llame "El Cementerio", por más importante que sea el cementerio de su urbanización. Esa vaina es pavosa, no hay manera de que exista progreso en un lugar tan marcado por la muerte.

Definitivamente no hay progreso en El Cementerio. Es un caos absoluto, una vaina africana o asiática, un desastre sin leyes, con un gentío loco, un mercado callejero que abarrota las calles con ropa, frutas, pescados… vainas nuevas, vainas robadas, vainas buenas, vainas raras… Todo se consigue en El Cementerio. Y la mejor manera de verlo tiene que ser en moto, respirando esos olores de mugre ancestral que hacen que uno se sienta en la Edad Media…

—En El Cementerio todo el mundo hiede a muerto – dijo Pantera.

Dejamos la avenida principal y nos adentramos en la calle que conduce al propio Cementerio General del Sur: como quinientos metros de ventas de flores de todo tipo y cientos de personas comprando como locos… como si el aroma de las flores hiciese menos grave el dolor del olor a muerto.

En las puertas del camposanto había una alcabala de la Guardia Nacional. Un guardia medio bajito y medio gafo nos hizo gestos para que bajásemos la velocidad. Pantera le mostró su credencial y de inmediato nos dieron paso.

Entramos al Cementerio General del Sur… Sin duda el más grande de Venezuela y posiblemente uno de los más impresionantes del mundo. Cientos de tumbas de todas las clases sociales dominan varios kilómetros cuadrados con generaciones de caraqueños que encontraron allí su última morada.

A medida que uno sube, las tumbas son más nuevas pero más chimbas. Las de abajo, en su mayoría, son de la oligarquía que vivía en el centro de la ciudad a principios de siglo. Pero hay otras historias…

José Gregorio Hernández, el Santo de Venezuela, fue enterrado aquí en 1919. Su tumba se convirtió en un centro de peregrinación tan grande que, en 1975, las velas que le pusieron para rezarle causaron un incendio, y las autoridades decidieron mudarlo a la iglesia de La Candelaria.

Los restos de Armando Reverón descansan aquí desde hace una bola de años. Rómulo Gallegos, Andrés Eloy Blanco, Carlos Delgado Chalbaud, Medina Angarita, Joaquín Crespo y Aquiles Nazoa... todos los grandes de la Venezuela de oro están en este mismo sitio.

Pero la tumba más visitada hoy en día es la del Malandro Ismael, uno de los santos más importantes de la Corte Malandra.

La Corte Malandra forma parte del culto a María Lionza, la religión más importante de Venezuela (aunque el Papa nunca lo vaya a reconocer así). La Santísima Trinidad Alternativa la constituyen María Lionza, el Cacique Guaicapuro y el Negro Felipe. Cualquiera que esté medianamente familiarizado con el culto, sabe que los billetes nuevos que sacó la revolución llevan imágenes de estos santos, aunque estén disimulados.

Con la revolución, Venezuela dejó de ser un país subyugado a los poderes imperiales de la Iglesia de Roma y se convirtió en la meca de nuestro culto autóctono. Esa es, quizá, la contribución más grande del Comandante a nuestra independencia. Gracias a él ya casi no se reza en los templos de curas europeos, ahora somos epicentro espiritual. Nuestro Vaticano queda en Venezuela y elevamos plegarias hacia nuestros indios y negros mayores.

En el Cementerio General del Sur, detrás del panteón de María Francia, entrando a la derecha, siempre se encuentra La Niña: una chama que es guardiana de la tumba de Ismael desde que un disparo en la cabeza la dejó cuatro meses en cama.

Pantera la saludó y le compró una vela. Detuvo la moto frente a la tumba de Ismael y nos bajamos. Se persignó, encendió la vela, la puso a los pies de la estatua de Ismael, señaló su pecho varias veces mientras rezaba y se volteó a mirarme.

—Pídale que ninguno de nosotros salga herido –me dijo–, usted es jefe y a lo mejor lo escucha más que a mí.

Seguí las instrucciones de Pantera y recé a esa imagen de Ismael, un santo con una pistola en la cintura, un cigarrillo en la boca y una gorra de lado. Su efigie era un altar y estaba cubierto de ofrendas: botellas de whisky, cajas de cigarrillos, bolsitas de coca, pipas usadas con restos de crack, fotos, cartas, siluetas de besos con pintalabios…

Pantera rezó un poco más, se despidió de La Niña, nos montamos en la moto y seguimos subiendo por el cementerio.

A mitad de camino se nos unieron dos motos más. Nos escoltaron viajando en caballito, culebreando entre un laberinto de tumbas y raíces.

Subimos como por diez minutos, hasta llegar al final del cementerio. Allí nos esperaban las fosas comunes: espacios de muertos apilados, cadáveres que no fueron reclamados, peluches cuyas familias no tenían dinero para comprar una parcela individual.

Los muertos del Caracazo del 27 de febrero de 1989 fueron enterrados aquí en fosas comunes. El gobierno adeco de Carlos Andrés Pérez dijo que murieron alrededor de quinientas personas ese día, pero todo el pueblo sabe que las fuerzas militares mataron, al menos, veinte mil.

Veinte mil venezolanos que protestaban por la injusticia de nuestra indiscutiblemente injusta sociedad. Acribillados por nuestros propios hombres de uniforme...

Esa violencia cívico-militar antipobreza rompió el pacto social, condenó a muerte el sistema vigente. Fue un crimen de lesa humanidad que partió al país en dos: la Venezuela de los poderosos y la de los excluidos. De allí nacería lo que después llamaríamos revolución. Contra el asesino de CAP se alzó el Comandante y eso se lo agradecerá el pueblo, por los siglos de los siglos, independientemente de cómo termine esta historia.

En La Peste enterraron a miles de esos muertos a escondidas. Con el tiempo el lugar se convirtió en destino de culto para brujos y paleros en busca de huesos humanos. Según dicen, esos huesos llevan encima el dolor del pueblo, un poder enorme para aquel que lo sepa utilizar.

Las noches de lluvia son particularmente concurridas en La Peste: los derrumbes y deslaves son frecuentes y dejan al descubierto restos humanos de todas las edades y tamaños.

Con la llegada de los cubanos al país, el culto a los huesos se intensificó: en la isla es muy popular el Palo Mayombe. Dicen que desde que abrió su tumba, el Comandante siempre carga consigo la clavícula del

Libertador. Otros dicen que la enfermedad fue causada por esos huesos... a fin de cuentas, el Libertador fue un blanco oligarca, y es probable que le tenga prejuicio a nuestro zambo pobre.

La Policía Técnica Judicial utiliza La Peste para otros propósitos: cuando necesitan interrogar a un prisionero lo amarran a un poste y lo dejan pasar la noche allí, entre restos humanos, brujos cazahuesos y perros comecarroña. Al día siguiente todos hablan... suplican cualquier otro castigo, y juran colaborar hasta las últimas consecuencias con tal de no pasar otra noche allí.

En eso estaba el Comisario Cartaya, con el que yo había venido a hablar: interrogando a un pobre diablo adolescente, que quién sabe qué habría hecho o qué sabía.

Me costó verle la cara al chamo, se la habían vuelto leña. Estaba amarrado de brazos y piernas a un poste de luz. Le habían dado palo por todos lados, le habían puesto electricidad, lo habían descosido a coñazo limpio.

El Comisario nos vio llegando e inmediatamente nos reconoció. Estreché su mano y la sentí áspera, dura, acostumbrada a disparar... Me dio un escalofrío que luché un mundo por disimular. Estaba en tierra de tipos fuertes, despiadados. O actuaba como ellos, o sería rápidamente identificado como sifrinito cagón.

—Lo siento mucho, doctor –dijo el Comisario, y yo recordé que todo esto se trataba de mí.

El Comisario señaló al adolescente colgado.

—Le presento a alias La Liebre, doctor. Una de las joyitas que capturamos cerca del tiroteo.

Alias La Liebre, ¿uno de los asesinos de mi padre?

El Comisario debió haber visto la furia en mi mirada, pues aclaró:

—Este no es el que disparó, solo estaba cantando la zona… Pero nos ha sido de mucha utilidad para ubicar a los responsables.

Miré a La Liebre por un rato más, olí su sangre y lo vi sollozar de dolor. Noté que se había orinado encima y me pareció justo y necesario su castigo. Si esa mierda humana había contribuido a la muerte de mi papá, debía sufrir hasta el final.

Había al menos cuarenta efectivos de la PTJ a nuestro alrededor. Al ver las insignias en sus chaquetas (algunas rojas, otras azules), recordé que la PTJ ya no se llama así. Ahora se llama CCCP. Nadie sabe qué significan esas siglas, pero supongo que son un homenaje a la Unión Soviética. Así es este país: le cambian el nombre a todo, pero todo sigue igual.

El Comisario señaló hacia el frente y yo me volteé. Ante mí estaba la vista más impresionante de Caracas, y posiblemente de todo el planeta.

La Peste está en la cima de una montaña. Si miras hacia abajo ves el enorme y escalofriante cementerio. Si miras al frente ves la torre quemada de Parque Central, un rascacielos hecho ruinas, que se erige en las alturas como monumento a la decadencia de la gran nación que alguna vez quisimos ser. A su alrededor el sucio ladrillo del gigantesco barrio de San Agustín del Sur.

Un poco más a la derecha está ese espanto de utopía arquitectónica conocida como El Helicoide, sus paredes carcomidas en pedazos, rodeados de hambre y dolor.

Si miras a tu izquierda ves la combinación de los barrios El Guarataro, San Martín, El Atlántico y la entrada al túnel Boquerón, una especie de tubo de escape para esta ciudad descompuesta por carencias e incomunicación.

Aquel que crea que nuestro problema social es solucionable, que vaya y visite La Peste. Con pararse allí encontrará su respuesta. Esto no lo arregla nadie. Ni socialismo, ni capitalismo, ni democracia, ni dictadura. Estamos ante un crimen social histórico, cometido por todos, gobernantes y gobernados. La vaina está demasiado más jodida de lo que imaginamos.

Cuando ya pensaba haberlo visto todo, el Comisario señaló hacia atrás. Entonces entendí que la vista desde La Peste es de trescientos sesenta grados. Atrás también estábamos rodeados por pobreza crítica.

Los barrios Gran Colombia, El Triángulo, San Andrés, La Bandera, San Luis, Los Cardones, Zamora, Delgado Chalbaud, La Vega, El Carmen, San Miguel, El Milagro, La Capilla y La Ceibita… todos se ven desde las alturas de La Peste.

—Si María Corina Machado o Leopoldo López se llegan algún día a este lugar, empacan sus vainas y se van del país –dijo el Comisario con un extraño orgullo.

Los excluidos de Caracas son la inmensa mayoría de la ciudad. Toda esta gente sabe que el día que se acabe la revolución, nadie más nunca les llevará ni perrarina. La revolución les dio médicos, que aunque sean cubanos y malos son mejores que nada. La revolución les dio misiones con comida, salarios, educación... elementos que en medio de esta realidad valen oro y son agradecidos con devoción y fidelidad.

Por un instante me sentí en paz con mis decisiones: la revolución se llevó a mi padre, pero mi padre también formó parte de la generación que ignoró a toda esta gente. Él también se refugió en ese convento académico elitesco que llaman UCV. Su muerte fue mi culpa y me hará por siempre pedazos la vida... pero también fue culpa suya y de los suyos: nos entregaron un país enfermo, y no se puede criticar a un enfermo por actos cometidos a consecuencia de su enfermedad. Esta pobreza estaba aquí cuando comenzó la revolución. Es responsabilidad exclusiva de las democracias civiles que nos gobernaron por cuarenta años. A todos los habitantes de esta zona les ha mejorado de alguna manera la calidad de vida en la última década. Que la violencia se haya exportado al resto de la ciudad es una simple consecuencia natural del desastre que hemos heredado. Y si no se ha controlado, con fines políticos, es porque el bien mayor lo justifica.

—Detrás de esta montaña –dijo el Comisario– está el barrio "Los Sin Techo". Es uno de los más duros de la capital. Allí se encuentran alias Ramiro y Johnny Ciencia, sujetos que están al mando de la banda "Los Tragavenados", y que hemos identificado como autores intelectuales y materiales de la desaparición de su difunto.

Mi difunto… mi difunto padre. Era primera vez que lo escuchaba en esos términos. Muerto… un cadáver, una vaina inerte, un cuerpo sin vida, pudriéndose bajo tierra… una condición definitiva. No volverá. Más nunca me abrazará para ver televisión. Más nunca me criticará. Más nunca me dará lecciones de moral o me hablará de béisbol. Más nunca me llamará a comentar una jugada de Pujols o un jonrón de Cabrera.

Mi sed de venganza aumentó. A la culpa que sentía por su asesinato se sumó la rabia y la impotencia de que nada de esto tuviese solución, ni su muerte ni el país que lo mató. Solo quedan la sangre, las balas, la violencia que dio a luz a esta injusticia.

Miré a La Liebre… Ahí colgado, gimiendo, ignorado por los pacos, como si fuese un espantapájaros. Arriba los cuervos daban vueltas, sabían que la carne de esa Liebre pronto sería suya y la saboreaban con anticipación.

El Comisario continuó:

—A petición del funcionario Pedro Pantera Madrigal, el cuerpo técnico ha desarrollado la planificación, o previa, de un operativo cuya misión es capturar con vida o sin ella a los antisociales del caso. Sin embargo, esta es un operación de ataque tipo Alpha-Gamma, por demás bastante delicada, pues requiere de la participación de al menos cincuenta efectivos altamente calificados, actuando con inmediatez, y una sólida dotación de armamento.

Nuestros pacos serán corruptos, pero ¡qué bonito hablan!

—El funcionario Pantera me indicó su interés por participar activamente en el operativo. ¿Es eso correcto?

—Afirmativo –dije sin dudarlo.

—Yo no estoy en condición moral para aconsejarlo al respecto, pero de ser el caso, como se ha mencionado, le debo pedir una colaboración para el cuerpo. Los jóvenes aquí van a estar arriesgando sus vidas, no solo para efectuar la captura, sino también para protegerlo a usted ante cualquier eventualidad.

—¿De cuánto estamos hablando?

—Son cincuenta efectivos. Y con las municiones

—Solo dígame cuánto necesitan…

El Comisario me observó y calculó con su mirada cuánto estaría yo dispuesto a pagar por todo esto.

—Si los matamos, medio millón de bolívares fuertes. Si los agarramos vivos, y usted los mata, un millón en total.

Al cambio real eran cien mil dólares. Era una oferta irresistible… matar con mis propias manos a los asesinos de mi padre… creo que nada en el mundo me daría más paz…

—Hecho –dije como toda respuesta.

—El primer medio palo es por adelantado y efectivo.

—¿Cuánto tiempo tengo?

—Dos horitas.

—¿Y no le puedo hacer un giro?

—Negativo el procedimiento. Todo el país está montado sobre el caso, no podemos dejar cabos sueltos.

—¿Acepta dólares?

—A ocho el dólar, con gusto.

—Ya resuelvo.

Cincuenta mil dólares en cash, en dos horas, nada fácil de conseguir. Llamé a la Góldiger. Será gringa y puta, pensé, pero esa jeva resuelve.

—Vera.

—Juancito.

—Necesito un favor.

—Lo que quiera.

—Cincuenta mil en cash.

—¿Para qué?

—Un operativo.

—No te metas en problema.

—Es PTJ, gente seria.

—¿Para cuándo necesita?

—En dos horas.

—Si quieres dame nombre de contacto y yo transfiero…

—Tiene que ser en efectivo.

—¿Cincuenta lechugas? Muy jodido.

—¿Y en bolívares?

—Para mañana lo que tú quieras.

—Mañana es muy tarde.

—Pregúntale si acepta oro.

—¿Oro?

—Tengo lingotes aquí, certificados por Banco Central.

Me acerqué al Comisario.

—Hermano, lo del efectivo está duro, incluso en dólares. ¿Cómo le suenan unos lingotes de oro certificados por Banco Central?

El Comisario lo pensó por un momento y en sus ojos vi que se dio cuenta: había pedido poquito.

—Se podría considerar, pero ya estaríamos hablando de cien mil dólares por adelantado.

Le hice un gesto de que esperara y volví al teléfono.

—¿Llegamos a cien verdes?

—Yo creo que sí. Serían diez de diez. Pero eso sí, que manden funcionario a buscarlo. Pesan una bola.

—Te mando a Pantera. Gracias. Después cuadramos.

Me volteé hacia el Comisario y le dije que ya Pantera se lo iba a traer. Pantera le pidió una escolta, por las características del envío, y el Comisario le asignó dos motorizados.

—Le vamos a pedir que siga instrucciones –continuó el Comisario–, el señor Pantera estará con usted en todo momento durante el operativo. La noche comienza en dos horitas. Normalmente entraríamos de madrugada pero esa gente va de salida a media noche. No podemos esperar.

El Comisario me miró, como para verificar que lo estaba escuchando, y siguió:

—Vamos a tener dos comandos. Uno va a entrar por la montaña, donde entendemos que ellos no montan guardia, y otro por abajo. El factor sorpresa aquí es el más importante para golpear primero. Pero es muy probable que se desarrolle un enfrentamiento prolongado. ¿Usted sabe disparar?

—Sí –dije, y saqué la Colt de mi cintura.

El Comisario miró la pistola como gallina que mira sal.

—Está bonita. Pero lo de ahora es un poco más serio.

Se volteó hacia uno de sus hombres y le ordenó:

—Tartufo, dale una Ingram al doctor y que practique con La Liebre.

Tartufo era un negro con vitiligo que parecía un tartufo. Se acercó y me dio una Ingram MAC-10, una pequeña sub ametralladora que dispara treinta y dos balas nueve milímetros en menos de un segundo, tiene precisión hasta setenta metros de distancia y, según Tartufo, cualquier pistolero experimentado podría sacarle mil tiros en un minuto.

Me enseñaron a cargarla y a sacar y poner los cartuchos. Para mostrarme cómo se disparaba, Tartufo apuntó a La Liebre. Yo pensaba que la vaina era joda, pero sin siquiera reparar en el tipo (que estaba coñaceado, pero completamente consciente), Tartufo lanzó una ráfaga sobre las piernas amarradas del man.

La pierna derecha de La Liebre se hizo pedazos. Su batata colgó de un hilo de cartílagos bañados en sangre y él gritó como un animal herido. Era oficialmente la vaina más heavy que había visto en mi vida, pero tenía que actuar con normalidad, como lo hacían todos a mi alrededor. Como si acribillar por partes a un tipo fuese un trámite burocrático más.

Tartufo me devolvió la Ingram y me dio un cartucho nuevo. La cargué y apunté. La Liebre me miró suplicante. En medio de su delirante dolor hizo gestos primitivos, animales. Sus enormes dientes me contaban toda la historia de por qué le decían La Liebre. Era un enorme conejo, un peluche perforado y colgado de un poste, que había contribuido a la muerte del ser humano más importante de mi vida.

La Liebre me miraba pidiendo clemencia, suplicando piedad… gritaba "Por favor, señor, por favor, yo soy un niño".

¿Un niño?

Yo no veía ningún niño. Era un chamo de unos quince años, eso no es ningún niño. Un niño deja de serlo cuando comienza a matar. A mí no me jodan. La mitad de los muertos de este país son menores de edad. Si nos ponemos con el cuento de que son niños, nos caemos a mojones.

—Dale pues –dijo Tartufo, y de inmediato todos los pacos pusieron sus ojos sobre mí.

Estaba claro… si yo iba a ser parte de la operación, si ellos iban a arriesgar sus vidas para protegerme, yo tenía que demostrar que estaba listo para lo que esto significaba. No me estaban enseñando a disparar la Ingram, me estaban enseñando a matar.

Nos miramos La Liebre y yo… un segundo más, como para despedirnos. Yo podía quitarle la vida antes de que alguno de los policías se la terminase de quitar. Pero él ya me había quitado mucho más. Me había quitado la paz de ver morir de viejo a mi padre. Me había sentenciado a la cadena perpetua de sentir que era yo quien lo había asesinado. Y eso nunca se lo podría perdonar.

Apunté al pecho como para no fallar, apreté el arma con fuerza, y disparé...

¡Tracatracatracatraca!

Y otra vez...

¡Tracatracatracatracatraca!

De las treinta y dos balas le debo haber pegado seis. Pero fueron suficientes. La Liebre dejó de existir frente a mí. Sus brazos abandonaron su desesperada lucha por liberarse. Sus ojos dejaron de llorar. Sus pulmones no respiraron más. La Liebre ya no era una liebre sino un montón de carne humana amarrada a un poste.

—Tiene que amortiguar contra el pecho, doctor –dijo Tartufo–, si no se le va a mover mucho y va a ser difícil lograr el blanco.

El tono de Tartufo era didáctico. Tanto él como los treinta pacos a mi alrededor siguieron en lo suyo. Uno que otro se persignó, pero fue más un gesto automático que religioso. Aquí nadie estaría de luto por La Liebre. Moría uno más de los ciento y pico mil de la última década. Gran vaina. Uno menos.

Su cuerpo se desangraría en el poste, los cuervos se comerían su carne y los brujos se llevarían sus huesos. El resto del mundo seguiría igual. Su familia lo esperaría por unas semanas, un par de meses, lo llorarían y después se olvidarían de él o lo recordarían mejor de lo que fue...

Tartufo dio otra demostración, amortiguando el golpe de la Ingram contra su pecho, mientras las balas seguían descuartizando lo que quedaba de La Liebre. Me devolvió el arma y así fui practicando, cada vez más acertado, cada vez mejor amortiguado, hasta que La Liebre estaba dividido en cien pedazos.

Matar no era tan difícil como yo creía.

Poco después de mi entrenamiento, Pantera llegó con un maletín lleno de oro. El Comisario lo agarró y entró a una de las jaulas que tenían estacionadas por ahí. Sonó mi celular.

—Juan.

—Mamá.

—¿Dónde andas?

—Estoy en la policía, con las averiguaciones.

—¿Y de qué me va a servir eso?

—Algo sirve, mamá, si se hace justicia.

—¿A qué hora vienes?

—En unas horas, antes de las nueve. Si quieres vemos la novela juntos.

—Bueno… averigua con los policías si saben dónde hay leche… y aceite... Está agotado en todos lados.

—Okay.

—Te quiero mucho.

—Yo también.

El Comisario salió de la jaula con otro ritmo. Dio una orden y todos los pacos dejaron lo que estaban haciendo para reunirse alrededor de él. Lo que siguió es difícil de explicar, porque no lo entendí: códigos, nombres clave, instrucciones técnicas en argot policial. Se hicieron preguntas, se dieron respuestas... se dibujaron escenarios en la tierra... se marcaron los puntos en los que se sabía, o al menos se presumía, existía vigilancia de los Tragavenados... Se llegó a acuerdos, se armaron equipos... Los equipos conversaron, discutieron, cuadraron...

Un pana una vez me dijo que nuestros pacos son los mejores del mundo. Que el problema es que no se les paga bien, y por eso son corruptos. Pero que a la hora de resolver un peo son mejores que cualquiera.

Esta gente sin duda sabía lo que estaba haciendo.

A mí me dieron un chaleco antibalas, unos lentes de visión nocturna, un bolso con veinte cartuchos de treinta y dos balas cada uno, y mi Ingram personal. Además, me dijeron, podía cargar mi Colt como back up.

Pantera me dio un fuerte abrazo. Me miró con intensidad y me dijo:

—Usted se me pega, el mío. Ni pa'lante ni pa'trás sin que yo le diga. Y si le digo que es pa'llá es porque es pa'llá y no hay tiempo pa'discutí.

—Entendido.

—Usted es bien... Jefe –dijo y se dio dos palmadas en el pecho–, respeto pa'usted y pa'su pure.

LOS SIN TECHO

La noche luchaba por quitarle el cielo al sol cuando comenzamos a arrancar. Yo le eché una última mirada a los restos de La Liebre y me monté sobre la moto de Pantera. Pantera metió la chola y, junto a otros treinta efectivos en veinte motos, rodamos cerro abajo.

Es una imagen que nunca olvidaré: El Cementerio General del Sur cerrado, solo para nosotros, los muertos y los espíritus. Los dorados rayos del atardecer caraqueño bañando las tumbas. La ciudad esperándonos abajo. Un batallón de motorizados hacía rugir sus motores, algunos en caballito, otros echando plomazos al cielo, otros gritando con euforia; todos se llenaban del valor y la adrenalina necesaria para enfrentar una guerra alimentada por el oro y por mi venganza.

El grupo se desvió a mitad de camino y nos dirigimos a la tumba del Santo Malandro. Se armó un círculo de motos dando vueltas alrededor de la estatua de Ismael, con todos los pacos echando plomo en dirección a Dios.

Pantera disparó su Glock. Yo también saqué mi Colt y disparé con furia hacia el cielo. Se me salían las lágrimas de la intensidad de la situación. Mi padre me miraba desde arriba. Mis balas eran caricias para sus ojos que, sin duda, lloraban por mí. Era un ritual de significado incalculable... mi comunión eterna con el alma de mi progenitor. Si moría esa noche lo haría con dignidad.

El círculo de motos se abrió y seguimos rumbo a la salida del cementerio. Atravesamos la avenida del mercado como una manada de abejas. Todo el mundo se apartaba a nuestro paso. Sabían quiénes éramos, llevábamos la muerte a domicilio.

Salimos del mercado con la misma fuerza y nos detuvimos a dos cuadras de las puertas del barrio El Cementerio. Pantera se metió una mano en el bolsillo, sacó una bolsa de perico, se metió un pase y me la dio. Yo abrí la bolsa y me metí tres pases seguidos, con desesperación.

Todo estaba listo. Tartufo estaba al frente. Este batallón era suyo. Ajustó su chaleco antibalas, revisó los seguros de su armamento, nos echó una mirada, hizo una seña y comenzó la operación.

Arrancaron las motos. Entramos al barrio El Cementerio por una calle estrecha y empinada. Dos centinelas nos vieron e intentaron salir corriendo. Pero los pacos de adelante los llenaron de plomo sin bajar la velocidad. Cayeron muertos sin elegancia, sin ceremonia.

El barrio Los Sin Techo queda arriba de la barriada El Cementerio. Había que atravesar al menos un kilómetro de miseria, en subida, para llegar al reino de los asesinos de mi padre.

Mi percepción se fragmentaba: el ruido de las motos, los tiros, los gritos de los vecinos, la furia con la que me jalaba la inercia, las luces de los ahorradores y los bombillos pelados, los perros ladrando... persiguiéndonos... la sangre hirviendo, el recuerdo de mi papá, La Liebre muerta, mi madre llorando y… Scarlet… un destino… una luz en un horizonte tan negro como los brazos de la Pantera que me llevaba hacia la batalla final.

Apenas entramos a Los Sin Techo, el barrio entero quedó sin luz. No era una falla eléctrica, era parte de la operación. De manera orquestada vi a los pacos ponerse sus lentes de visión nocturna. Me puse los míos. Seguimos subiendo, con Tartufo al mando y al frente del batallón, por callejones cada vez más estrechos en los que casi no cabían las motos. Todo se veía verde-visión-nocturna como solo lo he visto en las películas de acción.

—Llegamos, jefe –dijo Pantera.

Y no pasó ni un segundo hasta que…

¡BUUUUM!

La cabeza de Tartufo voló por los aires en pequeños pedazos. Su cuerpo descerebrado siguió sobre la moto rodando unos quince metros hasta que chocó contra una pared. Un tiro de FAL le había volado el coco a mi mentor.

Nos bajamos de las motos y tomamos posiciones, pegados a las paredes. No hubo ni un instante de duda, ni una reacción ante la muerte de un compañero. Nos movimos por olfato, siguiendo el instinto de supervivencia, sin sentimientos, sin pensamientos… actuando por reflejo…

¡BUM! ¡BUM!

Siguieron disparando con el FAL desde arriba.

Las Ingram comenzaron a escupir.

Pantera puso mi mano sobre su hombro y me hizo un gesto de que no me separara de él. A través de mis lentes de visión nocturna sus ojos brillaban verdes, el resto de su cuerpo no se veía: era una pantera.

Nos fuimos moviendo hacia arriba, siguiendo al batallón que avanzaba a punta de disparos.

Los dos pacos que estaban al frente patearon la puerta de un rancho y lo llenaron de balas. Se escucharon dos tiros que parecían venir contra ellos, luego el grito desesperado de una mujer y un bebé llorando.

El siguiente grupo de pacos se desplazó hacia arriba y repitió la misma operación, casa por casa, raspándose a todo el mundo.

Desde una ventana comenzaron a disparar, bastante cerca de mí.

Uno de los nuestros se acercó a otra ventana del mismo rancho y metió una granada. La puerta voló en pedazos. No dispararon más desde allí.

Seguimos subiendo con una rapidez impresionante, era un procedimiento metódico y harto ensayado. Parecía que estábamos ganando la batalla.

Yo apretaba mi Ingram con fuerza, pero todavía no había echado el primer tiro. Tenía muchos pacos adelante y atrás. Si me ponía a disparar, podía matar a uno de los nuestros.

Cuando íbamos por la tercera casa cayó otro funcionario. La bala lo dejó boca abajo con un chorro de sangre en forma de arco saliendo de su nuca como si fuera un bebedero. En fracciones de segundos concluimos: ¡el tiro vino desde atrás!

Pantera me dio la vuelta para protegerme y se puso a disparar. Yo logré ver a un tipo corriendo por uno de los techos. Apunté, disparé una ráfaga con mi subametralladora y lo vi caer. No estoy seguro si fui yo quien dio en el blanco, pero creo que sí.

Seguimos subiendo, disparando ahora hacia arriba y hacia abajo a la vez, en una formación mucho más peligrosa para nosotros.

Las balas volaban a centímetros de nuestros cuerpos, en todas las direcciones. Pero seguíamos avanzando, parecía que éramos más y más fuertes.

Explotó una balacera en la parte de arriba del barrio. Asumimos que el otro comando de los nuestros había entrado por la montaña. El Comisario estaría al frente, echando plomo, ganándose su oro de la manera más merecida posible.

Aprovechamos la plomamentazón de arriba para aumentar la velocidad.

De repente los tiros cesaron y se hizo un horrible silencio. Solo quedaron las fuertes respiraciones de la tropa.

Pasaron veinte segundos en completa calma, y un extraño ruido comenzó a sonar.

No sabíamos qué era. Parecía como si una bicicleta de niños se nos estuviese acercando con lentitud. Pero no era eso... era diferente... era un zumbido que ninguno de nosotros había escuchado antes...

Volvimos a avanzar pero ahora en silencio, con lentitud.

Dos funcionarios entraron a otro rancho y lo limpiaron a plomo. Salieron y seguimos subiendo. No hubo resistencia.

Un carajito brincó vuelto loco y comenzó a dispararnos desde un techo lejano; "¡Brujas de mierda!", gritaba como poseído.

Sus balas impactaron a dos funcionarios en los chalecos antibala. Dos pacos en la vanguardia convirtieron al carajito en colador.

Pantera y yo sacamos de la pista a los funcionarios impactados, arrastrándolos, dándoles cachetadas para que volvieran a espabilarse. Se recuperaron y seguimos subiendo.

El extraño ruido se hizo más intenso, y en segundos vimos la vaina más loca que habíamos visto en nuestras vidas.

"¡Culebras, el mío!", es lo único que escuché...

Como veinte tragavenados asustadas, sueltas por el piso del barrio, deslizándose hacia nosotros.

¡Qué culillo, compadre!

Un par de pacos reaccionaron en pánico y salieron corriendo hacia abajo. En menos de dos metros los molieron a tiros.

Pantera comenzó a vaciar su Ingram sobre los animales.

Las primeras dos culebras nos alcanzaron y mordieron a uno de los nuestros. Estaban muertas de miedo y atacaron en defensa propia con una fuerza impresionante. Medían como dos metros.

La furia policial se desató. Las Ingram comenzaron a lanzar cientos de balas por segundo, partiendo a las culebras en pedazos.

Desde atrás, una bala me atravesó la punta del dedo índice de la mano izquierda. Sentí el impacto con dolor pero ni siquiera me bajó el ritmo. "Me metieron un tiro en el dedo", pensé, como si fuese algo normal. El dedo comenzó a sangrar profusamente. Me lo metí en la boca, por instinto, y noté que me habían partido el hueso. No sentía dolor, sentía grima por el hueso raspando mi lengua, la sangre chorreando por mi boca...

Dos pacos lanzaron granadas. Nos tiramos al suelo, pasamos unos segundos eternos en el piso, llenos de pánico esperando el sorpresivo mordisco de alguna culebra. Las granadas explotaron y terminaron de convertir a los reptiles en puré.

El ruido de las culebras no cesó completamente con la explosión, pero las que siguieron vivas se comenzaron a alejar o a esconder.

Seguimos avanzando, ahora con mayor dificultad porque el piso estaba lleno de sangre y restos de culebra. Pero llevábamos una furia animal. Nos habían sacado lo que nos quedaba de humanidad... nos convirtieron en máquinas de destrucción.

Lo siguiente fue una carnicería.

Quedábamos veintidós pero parecíamos mil. Las cinco casas que faltaban las vaciamos en veinte segundos.

Así llegamos a un galpón en la cima del barrio.

Estábamos a punto de entrar cuando Pantera se volteó a verme.

—¿Todo bien? –preguntó susurrando.

—Tengo un tiro en el dedo, pero bien.

Pantera me miró a los ojos para ver si estaba jodiendo. Le mostré mi dedo.

—Tan bello -dijo y me picó el ojo.

Escuchamos varios tiros dentro del galpón. Después, unos segundos de silencio.

La voz del Comisario se escuchó por la ventana y por las radios.

—Tenemos a los anfitriones. El castillo controlado.

El grupo respiró hondo. ¡Qué vaina tan loca!

Nuestro batallón se dividió en pares. Cada par fue a cubrir un frente diferente en el oscuro enjambre de pobreza en el que estábamos metidos.

Pantera me hizo una señal y avanzamos. Entramos a un estrecho pasillo, como de medio metro de ancho. Lo atravesamos y llegamos a una pared.

Pantera silbó hacia arriba y le contestaron.

En segundos nos lanzaron una larga escalera de metal. Subimos con cuidado un par de pisos, hasta que llegamos a un hueco que había en la pared. Por ahí nos metimos y entramos al galpón.

Había no menos de doce carajitos tiroteados en el piso. Casi todos tenían la misma edad de La Liebre, algunos eran aún menores. Mis zapatos pisaron kilos de vidrios rotos, imagino que de las jaulas que albergaban a los reptiles.

Todavía se escuchaban ruidos de serpientes en el galpón. Probablemente estarían metidas en algún hueco, muertas de miedo.

Siete funcionarios de los nuestros revisaban todos los rincones. Cada diez segundos alguno le soltaba un plomazo adicional a uno de los carajitos muertos, por si acaso.

El Comisario tenía en su poder, arrodillado bajo el cañón de su arma, a un malandrín de unos diecinueve años. Cuando me vio llegar me lo señaló y me lo presentó.

—Alias Ramiro, jefe de la banda los Tragavenados. Todo suyo, doctor, como prometimos.

Era el asesino de mi padre... frente a mí... herido, sudado, pero indudablemente vivo... con una mirada desafiante que me heló el alma: nada de lo que yo pudiese hacerle sería tan grave para él. Había convivido con la muerte desde su nacimiento y nunca pensó que llegaría a cumplir veinte años.

Cogí aire, sin mucho pensarlo, y saqué mi Colt. Si lo iba a ejecutar debía hacerlo con la pistola que me había regalado Scarlet.

Estaba agotado, con la mente nublada. Ya no sentía mi dedo, solo un fuerte calor y unos alocados latidos en las uñas, como si el corazón se me hubiese mudado a la mano herida.

Hacía apenas unas horas yo era un hombre diferente. Nunca había visto un muerto, nunca había matado. Todo había cambiado en muy poco tiempo y necesitaba descansar. Estaba rodeado de niños muertos y la boca me sabía a sangre. Necesitaba que se acabara todo esto. Rasparme a este gusano y seguir con mi vida, dejar atrás esta locura... respirar la libertad del imperio y volver a cualquiera que fuese la versión de paz interna a la que pudiese aspirar después de lo sucedido.

Apunté a su frente, lo miré con frialdad y estaba a punto de disparar, cuando sonó un teléfono: un BlackBerry que estaba tirado sobre la sangre del suelo...

Era la segunda vez, en menos de cuarenta y ocho horas, que un teléfono sonaba cuando mi dedo estaba sobre un gatillo. Pero esta vez no me importó. Este sí era el tipo que debía matar y nadie me lo iba a impedir...

Nadie...

Sólo él...

Alias Ramiro... con una media sonrisa... y una frase:

—Agarre la llamada, doctor. Es para usted.

El aire se me fue del pecho.

—¿Cómo es la vaina? –pregunté agresivo, pegando mi pistola contra su sien.

El chamo se cagó de la risa. La relación de poder había cambiado...

El Comisario agarró el teléfono del piso y recibió la llamada. En el silencio sepulcral del galpón, como si nada más existiese en el universo, todos escuchamos una voz.

—¿Eres tú, hijo?

Era la voz de mi madre.

Le arranqué el teléfono de la mano al Comisario.

—¿Dónde estás, mamá?

La escuché respirar con dificultad.

—No lo sé… Pero… estoy bien. Me están… tratando bien. Haz lo que te digan.

Y así… se cortó la llamada…

No recuerdo muy bien lo que pasó. Sé que le reventé el rostro a coñazos a Ramiro mientras una cascada de lágrimas escapó de mis ojos y me hizo balbucear.

—Ella no hizo nada. Se le acaba de morir su marido. Es una buena mujer…

Caí de rodillas en mi desesperación.

Ramiro sonrió orgulloso y dijo en una voz horrorosamente pausada:

—Así me gusta verlo, doctor. Arrodillado frente a mis hermanos caídos… Pa'que nunca se olvide: Usted podrá ser gobierno bolivariano, pero en Los Sin Techo mandamos nosotros. Y así venga el propio Presidente… aquí lo vamos a hacé arrodillá.

NOTA DEL COMPILADOR
Lo que sigue es la traducción de los mensajes privados intercambiados, vía Twitter, entre la señorita Scarlet y su novio Michael.

> @Michael31
> En q hotel estás?

@ScarletT45
No t puedo decir...

> @Michael31
> P q?

@ScarletT45
Pq t vas a aparecer y no quiero problemas...

> @Michael31
> No s tan difícil averiguar.

@ScarletT45
Diviértete intentándolo...

> @Michael31
> Cuándo t vuelvo a ver?

@ScarletT45
Un día d estos...

> @Michael31
> Ya volvió el tipo?

@ScarletT45
Sí...

@Michael31
Estás n el Four Seasons?

@ScarletT45
No. Y no t voy a decir donde estoy. Deja la idiotez.

@Michael31
Te extraño...

@ScarletT45
No empieces, Michael. Soy una mujer casada :)

TOBITO DE AGUA FRÍA

Desde el momento en que salió en la prensa la noticia de la muerte de mi padre ("El padre de un empresario revolucionario..."), los Tragavenados pusieron en acción un plan de contingencia: averiguaron quién era, qué tenía, dónde vivía...

Ramiro se quedó en el barrio por unas horas, cuadrando todo para desaparecer por un tiempo sin perder el control de la zona. Mientras tanto, alias Johnny Ciencia se desplazó con una parte de la banda hacia el este de la ciudad, a montar guardia frente al edificio de mi madre, por si acaso.

Sabían que La Liebre hablaría. Sabían que llegaríamos a ellos, y estaban de salida. Si nos hubiésemos retrasado un poco, mi madre estaría en casa viendo su telenovela. Lamentablemente, la eficiencia del CCCP y la rapidez de la Góldiger para conseguir el pago, se conjugaron de manera impecable para que nuestro plan sorpresa activara el de ellos. Perdimos todos.

Pantera me sacó del galpón. No quería que me vieran llorando, ni Ramiro ni los policías.

Me dio una botella de anís Cartujo... Intenté beber pero lo que hice fue vomitar.

Desde una ventana nos miró una niña con curiosidad. Había escuchado los tiros y conocía a muchos de los caídos, pero no había rastro de miedo ni dolor en su mirada. Estaba acostumbrada a los tiros y a los caídos.

—¿Cómo vamos a salir de esta? –le pregunté a Pantera.

—Negociando, jefe –dijo y bebió de su botella–, no hay otra.

Respiré hondo, intenté calmarme.

Uno de los policías se nos acercó y dijo "retirada pa'l cuartel". Pantera afirmó con la cabeza y me hizo un gesto de que lo siguiera.

La niña en la ventana se despidió de mí agitando su mano. Parecía tenerme lástima.

Nos trasladamos en las motos a la sede principal del CCCP en la avenida Urdaneta.

Alias Ramiro fue puesto a bordo de una patrulla que lo guardó en uno de los calabozos.

Me llevaron a la enfermería a coserme el dedo. Allí había quince oficiales heridos de bala, además de mí. Algunos habían participado en nuestra operación, otros eran víctimas de algún otro incidente.

Me miré en el espejo de la enfermería y me tomó un instante reconocerme. Mi rostro y mi ropa estaban cubiertos de sangre. Mis ojos hinchados de tantas emociones. Yo no era el mismo. Mi señora madre, a dos días de haber perdido a su marido, estaba en manos de una banda de adolescentes desquiciados que se habían tumbado unas culebras del zoológico de Caricuao.

Un oficial que no me conocía ni sabía qué coño hacía yo allí, me dijo que olía a mierda y me sugirió que me diera una ducha. Acepté su oferta.

Tenía años acostumbrado a las duchas de spa de los mejores hoteles del mundo. Pero esa noche me tuve que conformar con el tradicional tobito de agua fría. La ducha se había jodido y no había agua caliente. No sé cómo coño alguien quiere que los policías de nuestro país no se corrompan cuando la sociedad no es capaz de garantizarles una ducha decente en su estación.

Me dieron un uniforme de policía y me indicaron que me llevarían a la oficina del Comisario. Caminamos unos largos pasillos, pasamos junto a varias camillas de cadáveres cubiertos por sábanas blancas. Eran nuestros muertos. Alguna de esas sábanas tapaba el rostro hecho pedazos de Tartufo.

Sonó mi celular. Era Scarlet. No quería preocuparla. Decirle que mi madre estaba secuestrada por culpa mía no era una opción. Decirle cualquier otra cosa era mentirle, y yo a Scarlet nunca le mentiría. Decidí ignorar la llamada. Ya habría tiempo para hablar con ella.

Llegamos a la oficina. Pantera estaba esperándome. Se había lavado la cara y los brazos, pero seguía con su ropa ensangrentada. Así de fiel es este tipo, no descansa ni siquiera cuando lo hago yo.

El Comisario sí se había bañado, probablemente con agua caliente en el baño de su oficina. Pensé que debí haberle pedido su ducha, y después pensé que yo lo que era es un descarado, soñando con duchas de agüita caliente mientras mi madre estaba en manos de los Tragavenados.

En la oficina había varios monitores de circuito cerrado. En uno de ellos reconocí a Ramiro en su celda de castigo.

El Comisario me miró con severidad, como si estuviese estudiando mi condición psicológica, para saber qué tanto podía contar conmigo.

—¿Cuál es el plan? –le dije pausado, como si estuviese por invitarlo al Centro San Ignacio a tomarse unos rones con unas perras.

—Antes que nada permítame preguntarle si su madre padece de algún tipo de condición médica de la cual debamos estar al tanto.

—¿Condición médica?

—¿Diabetes...? ¿Hipertensión...? ¿Asma...? ¿Algún medicamento que deba serle administrado con periodicidad determinada?

Me dejó cabezón... Tenía cinco años que no vivía con mi madre y tuve que echarle coco a la vaina.

—La verdad es que no creo, pero tengo tiempo que no vivo con ella.

—Ya...

—¿Qué vamos a hacer, Comisario? Debe estar muy asustada.

—Lo que están pidiendo los sujetos es inaceptable.

—¿Qué están pidiendo?

—Un millón de dólares. Y un helicóptero que los saque del país.

Hollywood, mi pana. La principal fuente de inspiración del malandreo criollo es la mierda que les ha metido la meca del cine en la cabeza.

—Yo por mi mamá pago lo que sea –contesté.

Pantera me miró horrorizado y me hizo un gesto de que le bajara dos. Pero era demasiado tarde, la acababa de cagar de lo más lindo. Decirle a un policía venezolano que la cifra de un millón de dólares no te intimida, es como que Dios le diga a un cura que le da permiso de echarle un polvo a Norkys Batista.

El Comisario salivó sabrosito. Por un momento pensé que quizá él y Ramiro eran aliados en este negocio... Pero era imposible... Tartufo había perdido la vida junto a muchos hombres. Yo estuve ahí. Yo sé lo que pasó y sé que el Comisario también arriesgó su vida.

Concluí que haber participado personalmente en la operación fue una idea acertada. De lo contrario estaría dudando de todos, del Comisario, de Pantera...

—Comprendo, doctor –contestó–, lo del dinero no es lo que me preocupa. Me preocupa más el hecho de que estamos hablando aquí de unos sujetos que mataron a nueve de mis hombres, dejaron dos más con heridas graves, y al menos siete con heridas leves. Eso incluyéndolo a usted, que en este caso cuenta como uno de nosotros.

El Comisario hizo un silencio, como si lo que dijo fuese suficiente para que yo entendiera. Pero en mi expresión se hizo evidente que no entendí, por lo cual él prosiguió.

—La idea de dejar a estos individuos libres, con helicóptero y dinero, en otro país, digamos... no será recibida favorablemente por mi gente... Y si bien yo estoy aquí para servirle, también me debo a mi personal.

—¿De qué me está hablando, Comisario? Mi madre es una mujer inocente de sesenta años. Usted no puede poner su vida en peligro.

—Nueve de mis hombres murieron sirviéndole, doctor Planchard. Cincuenta de ellos arriesgaron sus vidas por usted, algunos de ellos protegiéndolo.

—Yo estuve ahí y sé exactamente lo que pasó.

—Pues bien... No dudo, entonces, que usted entenderá que decirle a mis funcionarios que todo fue en vano... y que unos asesinos de policías se irán a darse la gran vida en el exterior; me puede crear un precedente peligrosísimo, que disminuya el nivel de compromiso que mis hombres estarán dispuestos a entregar en operaciones similares en el futuro.

Ahora sí se jodió la vaina. A mi mamá se la pueden estar violando unos depravados en este momento, y yo estoy aquí escuchando la filosofía de gerencia de recursos humanos de un paco que ya tiene un maletín lleno de lingotes de oro y probablemente quiere otro.

—¿Cómo puedo yo decirle –prosiguió–, a la viuda del oficial Carlos Tartufo Gómez, que el padre de sus cuatros hijos murió en un enfrentamiento ante una banda criminal que, sin embargo, fue posteriormente puesta en libertad por nosotros mismos?

Tartufo... todos los caminos conducen a Tartufo.

La situación era seria... decirle al Comisario lo que pensaba: que un paco tiene que estar dispuesto a morir por hacer su trabajo, sería insinuar que la vida de sus hombres, y la de él mismo, tenían menos valor que la de mi madre.

—¿Y entonces qué hacemos, dejar que maten a mi mamá?

—Nadie va a matar a su Señora Madre, doctor. No mientras Alias Ramiro esté en nuestro poder.

—¡Es una mujer mayor! –grité perdiendo la paciencia–, ¡acaba de pasar por la muerte de su marido! Nunca en su vida ha sido víctima del hampa. Se puede morir hasta de un infarto.

—Doctor, estamos aquí para ayudarle… le ruego baje la voz y se tranquilice. Aquí todos los días lidiamos con antisociales y le puedo decir, con completa certeza, que estos jóvenes no van a arriesgar la vida de su jefe. Y la vida de su madre es en este momento la vida de su jefe. Eso ellos lo entienden muy bien y por eso ella misma le dijo por teléfono que la están tratando bien.

—Entonces, ¿qué sugiere?

El Comisario respiró hondo, se puso de pie y miró por la ventana. A sus pies, la larga y luminosa avenida Urdaneta.

—Sugiero… una indemnización.

—¿Para quién?

—Para todos… Para los caídos, para los heridos, para los valientes que formaron parte de todo esto.

—¿De cuánto estamos hablando?

—Normalmente aquí se cobra la misma cantidad que se paga por el rescate. La mitad por delante, la mitad por detrás. Usted ya debe cien mil por la operación realizada, la cual fue sin duda exitosa independientemente de lo que haya pasado después y que, dicho sea de paso, no fue consecuencia de un error de nuestro cuerpo.

Hasta el paco me recordaba que dejar a mi madre sin protección había sido la estupidez más grande de mi vida. Y todo mientras me pedía un millón de dólares de comisión.

—Pero esa parte la podemos perdonar –continuó el Comisario–, en vista de que la suma que usted y los criminales están manejando es tan elevada.

Muy amable de su parte, me perdona cien mil para cobrarme un millón. Le sumas el milloncito de Ramiro y te queda el rescate más caro de la historia de Venezuela.

Pantera estaba listo para saltar por la ventana y suicidarse. Nunca en su vida había escuchado hablar de cifras tan brutales. Yo sentía tanta culpa por el dinero que acababa de hacer con los chinos, que pensé que quizá esto era parte de mi purga espiritual. Una limosna que le estaba dando a las monjitas de la Caridad del Carmen, como parte de mi penitencia. Lo malo es que se lo estaba dando a los asesinos de mi padre y a unos pacos que, después de esta, más nunca en la vida podrían dejar de ser corruptos.

Pero yo no estaba aquí para educar ni para arreglar el país. Tampoco ya lo estaba para vengar a mi padre, evidentemente en eso ya había fracasado.

—Pónganle setecientos y setecientos –dije–, y le damos.

—Redondeemos en palo y medio –respondió–, yo bajo a Ramiro lo más posible y el cuerpo policial se queda con la diferencia.

Pantera casi muere de un infarto. Yo ya estaba acostumbrado a este tipo de negociaciones.

—Hecho –dije, y lo vi tragarse la sonrisa más grande de su vida–, pero resolvemos esto esta noche.

—No tengo permiso para volar mis helicópteros de noche –replicó subiendo los hombros.

—Yo se lo consigo. Esto se tiene que acabar ya.

—¿Y los reales? No creo que Ramiro y compañía acepten oro.

Los reales. Siempre los reales.

—Negociemos la vaina de una –dije–, yo mañana consigo el dinero.

El Comisario movió la cabeza afirmativamente. Apretó un botón en el teléfono de su escritorio y dio una instrucción.

—¡Alias Ramiro! ¡A interrogatorio!

Salimos de la oficina y caminamos por el largo pasillo. Pantera me puso un brazo en el hombro y me dijo:

—Usted está loco 'e bola, jefe…

Lo miré y con una sonrisa de agradecimiento le susurré:

—A ti te doy cien más. Después de esta, piro del país y quiero que estés tranquilo.

Pantera miró al suelo y dijo que sí con la cabeza. Estaba conmovido por mi gesto pero sobre todo porque me iba del país. Allí está la diferencia entre él y yo: Pantera no tiene pasaporte, nunca ha salido de Venezuela. Su gente, el pueblo, no tiene otra opción. Si Venezuela se va a la mierda, ellos se van a la mierda con ella. Le dije pausado:

—A lo mejor te traes a tus chamos y nos visitan por allá.

—Noooo, jefe, si yo voy pa'l imperio es pa'agarrarme una blanca como la suya.

—Yo te cuadro una.

—Lo que no creo que me den es la visa.

—Con cien lucas en el banco te la dan, no te preocupes.

Entramos a un cuarto con varias sillas altas, como de bar, frente a un vidrio antibalas. Del otro lado del cristal había un banquito vacío.

Nos sentamos en silencio. Un televisor en el cuarto mostraba CNN en Español a través de la señal de Globovisión. King Jong-il, el camarada frito cabezón que gobernaba Corea del Norte, había muerto. Otro más de los nuestros. El Comandante había hecho lo imposible por reunirse con él, pero el tipo era demasiado racista; para él, todo el que no fuese coreano era un animal. Hasta los chinos le daban asco, y a la coreanas que quedaban preñabas por soldados chinos las obligaba a abortar. Me imagino la cara que puso cuando vio al nuestro. Ni siquiera se quiso reunir con Fidel y eso que Fidel es un blanco sifrino y también es racista.

Alias Ramiro entró y fue esposado al banquito de la sala de interrogatorios. Tenía la cara descoñetada, en parte por mis golpes, en parte por otros más...

El Comisario entró y quedó solo frente a Alias Ramiro.

—Tienes suerte, menor –comenzó–, si fuera por mí te mato despacio y busco a tus socios hasta que no quede ninguno vivo.

Ramiro lo miró de lado, sin mostrar ninguna emoción. En los cursos de negocios de alta gerencia enseñan que toda negociación la gana siempre el que está dispuesto a pararse de la mesa. Ramiro parecía ser el que menos tenía que perder en este negocio. Pero era el que más tenía que ganar y eso me daba esperanzas.

—Los quinientos que me pediste no te los puedo conseguir –prosiguió el Comisario.

Pantera me miró y sacudió el rostro. El Comisario se había quedado con medio millón de dólares (cuatro billones de bolívares fuertes aproximadamente) al inicio de nuestra negociación. ¡Era un duro! Qué carajo. Y lo más tripa era que no hacía ningún esfuerzo por ocultar la cogida que me acababa de echar.

—Pero te pueden conseguir cuatrocientos y el helicóptero para que se vayan de aquí.

Le estaba ofreciendo cuatrocientos. Eso dejaba al Comisario con ¡un millón cien mil dólares! Le daría mil a cada paco y se retiraría a vivir con Roxana Díaz en un velero en Cancún.

Ramiro lo miró con sospecha.

—No te creo –dijo.

—Yo tampoco lo creo. Mataste nueve de mis hombres. Aquí todos queremos picarte en pedacitos, cocinarte y hacerte pasapalo de chicharrón para la fiesta de fin de año.

Se miraron en silencio…

—¿Por qué todas las brujas son tan cochinas? –dijo Ramiro.

—Ustedes son los que viven con culebras…

—La señora no está en la capital.

—¿Dónde está?

—Lejos.

—Habla.

—Quiero el helicóptero en Maracaibo, full de gasolina, con piloto desarmado.

—¿No quieres un Toddy, mi amor?

—Podría ser, ricura.

—Maricón.

—Bruja.

El Comisario le soltó un coñazo y lo tumbó del banquito, como para no perder la costumbre. Lo dejó en el piso y siguió hablando.

—Van a conseguirte los reales, pero quiero prueba de vida, en video, esta noche y mañana temprano.

Ramiro guardó silencio y yo me cagué. ¿Por qué guardaba silencio? ¿No puede dar prueba de vida?

—Si vuelves a Venezuela te saco las bolas y te las meto por el culo –concluyó el Comisario y salió, dejando a Ramiro tirado en el suelo.

Dos pacos entraron, lo levantaron del suelo y le dieron un celular.

Ramiro dictó un número y habló al celular.

—Ciencia... Caballo blanco. Cuatrocientos diez franklin. Morimos acá pero piramos en hélice. El sicunitio es el sitio. Mandacuná video de la vieja esa a este micunismo número y tacunate pendiente y ritmo que la conga es mañanera.

La calma de Ramiro me tranquilizó. Parecían profesionales. Mañana sería el día más importante de mi vida.

Una hora después llegó un video de mi mamá. Estaba en la parte de atrás de una Van blanca en movimiento. Tenía la cara hinchada de miedo y de llanto, pero estaba intacta.

—Juan. Estoy bien. Me dicen que mañana vas a resolver todo. Menos mal. Ya quiero que se acabe esto. Te quiero mucho. No te preocupes que todo está bien. Hasta comida me dieron. Todo va a estar bien. A lo mejor es buena idea lo del viaje. Así estamos más tranquilos. Hablamos mañana con calma.

Conozco a mi mamá lo suficiente para saber que estaba aterrorizada. Pero estaba siendo madre, tratando de tranquilizar a su niñito en medio de su horror.

Vi el video diez veces seguidas, escondido en un baño, llorando como un niño.

Mi teléfono volvió a sonar. Era Scarlet. Tuve que contestar la llamada.

—Me tienes preocupada, no has atendido el teléfono.

—Perdón... no ha estado fácil esto.

—¿Cómo está tu mamá?

El llanto me dejó privado del dolor y en silencio.

—¿Juan?

—Aquí estoy.

—¿Qué pasa?

—A mi mamá... la secuestraron.

—¡¿Qué?!

—Pero mañana la van a devolver, todo va a estar bien.

—¿Quién la secuestró?

—No importa... ya lo estamos resolviendo.

—¿Dónde estás?

—Estoy bien, en la policía.

—Tienes que tener cuidado.

—No me va a pasar nada... Se cometieron errores, ya lo estamos resolviendo.

—Deberían venirse mañana mismo para acá.

—Ese es el plan.

—¿Dónde vas a dormir?

—Aquí, en la policía.

—Mejor. ¿Te puedo ayudar en algo?

—No... Solo no preocupándote y esperándome allá. Pronto estaremos juntos y tranquilos.

La voz de Scarlet, con ese inglés informal y despreocupado de California, era un sedante para mi alma.

Pantera tocó a la puerta del baño.

—Doctor, ¿todo bien?

Me lavé la cara, me arreglé un poco y abrí la puerta.

—Todo bien –dije–, estaba haciendo un par de llamadas, cuadrando lo de mañana.

—¿Se quiere ir para su casa?

Lo pensé por un momento. No me harían mal unas horas de descanso.

—¿Y no será peligroso?

—Con el Ramiro aquí y la bola de dinero que les prometió para mañana, no creo que les interese hacerle nada.

Lo pensé un instante.

—Bien, pero dile al Comisario que nos mande dos escoltas y que me dé una moto a mí.

Nos fuimos a La Lagunita en cuatro motos... Dos pacos en Hondas oficiales, Pantera en la suya, y yo en una Yamaha R1 600 que habían incautado en un robo a un blindado y que no reclamó ningún dueño.

Era una bestia de moto... Manejarla de noche en la autopista del Este me ayudó a descargar parte de mi angustia...

Llegué a mi casa y el personal me recibió con el mismo cariño de siempre. Me acosté en mi cama, tratando de ordenar mis ideas y recordar lo vivido. Pensé que debía planificarlo todo de una manera que no diese espacio para que el Comisario se terminase raspando a los tipos y llevándose los reales. Ganas no le faltaban. Había que cuidarse mucho.

NOTA DEL COMPILADOR
Lo que sigue es la traducción de los mensajes privados intercambiados, vía Twitter, entre la señorita Scarlet y su amiga Zoe.

@ScarletT45
Estoy preocupada.

@Zoe23
Por?

@ScarletT45
Ahora le secuestraron a la mamá.

@Zoe23
No puede ser!!!

@ScarletT45
En serio. Acabo de hablar con él.

@Zoe23
Hay algo raro.

@ScarletT45
Raro como q?

@Zoe23
No sé, pero no me digas q no es raro q le maten al papá y le secuestren a la mamá en 2 días.

@ScarletT45
Parece q es medio normal en Venezuela.

@Zoe23
Puede ser frecuente, pero normal no es... me huele mal. Me da miedo.

ScarletT45
Miedo cómo?

@Zoe23
Y si es un narco?

@ScarletT45
No creo q sea un narco si se la pasa metido en NY.

@Zoe23
Deberías hacerle un background check.

@ScarletT45
Cómo se hace eso?

@Zoe23
Métete en Google, seguro dicen cómo...

@ScarletT45
Marica, estoy casada con el tipo, si es un narco estoy jodidísima : (

@Zoe23
Si están matando a toda su familia es mejor q no le digas a nadie q estás casada con él.

@ScarletT45
Me estás asustando.

@Zoe23
Es muy fuerte lo q me cuentas. Y como tiene tanto $

@ScarletT45
Yo lo vi haciendo un negocio con el Gobierno... Allá hay mucho $$$. Un poco loco pq es 1 país súper rico pero hay muchísima pobreza.
Pero es como q a nadie le importa. Todos hacen negocios millonarios con una calma increíble.

@Zoe23
Suena como California.

@ScarletT45
Es diferente... hizo 5 millones de dólares en frente mío, en una reunión.

@Zoe23
Q locura! Pero está n el Gobierno? Ese Gobierno es como el de Fidel Castro. Será terrorista?

@ScarletT45
No está en el Gobierno. No es terrorista. Es un hombre de negocios. Deja de hablar así.

@Zoe23
Solo quiero ayudarte.

@ScarletT45
Lo q estás es envidiosa.

@Zoe23
Wow! Alguien aquí se stá volviendo loca y no soy yo.

EL CHACAL Y EL POLLO

Desperté a las seis de la mañana y me puse a cuadrarlo todo. La Góldiger se molestó conmigo: "Te están jodiendo", dijo, "es imposible que ese policía esté cobrando eso, dame su nombre y lo investigamos".

Investigar al Comisario no me interesaba. La Góldiger estaba por depositarme cinco millones de dólares, con que me depositara tres y medio, y me adelantara ahora un palo y medio en cash, no tenía derecho a opinar.

Me pidió que pasara por su casa a las ocho de la mañana, para que le diera al menos una hora para cuadrar con Cadivi.

Dejamos las motos en La Lagunita y nos fuimos, en la 4Runner blindada, a casa de la Góldiger en la Alta Florida. Los dos escoltas policiales nos dieron apoyo, una moto adelante y la otra atrás.

Llegamos un poco antes de la hora acordada. La Góldiger nos recibió en unos chorcitos rojos pegados y una camisa amarilla de Manu Chao. Nos señaló cinco maletines llenos de dinero. Pantera y yo nos pusimos a contar. Nunca habíamos visto tanto dinero en efectivo.

Los cuatrocientos mil de Ramiro cupieron en un maletín. Para lo del Comisario necesitamos tres. Estábamos terminando de contar por cuarta vez su dinero cuando llamó:

—¿Cómo va eso?

—Ya tengo el efectivo.

—Excelente. Le tengo un helicóptero cuadrado, pero deberíamos tener dos.

—¿Para qué?

—Uno que los lleve a Colombia, otro que se quede con nosotros.

—Yo consigo el otro.

—Copiado. La Carlota... 12 PM.

—¿Por qué tan tarde? -pregunté preocupado.

—A esa hora tengo el helicóptero.

—OK.

—Si se trae una comidita, unos pollitos en brasa o algo para los funcionarios, sería bueno.

—OK.

Yo contando un millón de dólares en efectivo y el tipo pensando en pollo en brasa.

El Comisario ganaba alrededor de dieciocho mil dólares anuales. Tendría que trabajar sesenta años para ganarse lo que yo le estaba por dar en esos tres maletines. Pero qué carajo, se los daba con gusto si me devolvía a mi mamá.

De casa de la Góldiger, con un millón de dólares en efectivo, fuimos al restaurante "El Mundo del Pollo" en La Castellana. Por más que conmigo estaban Pantera y los dos escoltas, pensé que era una completa locura lo que estábamos haciendo. Pero no había nada que hacer. Si le llegaba sin pollos al Comisario se me podía arrechar.

El Mundo del Pollo es gigantesco, y aun en tiempos en los que no se consigue pollo en el país, los tipos siempre tienen las brasas repletas de aves. El lugar está lleno de televisores. Cuando entramos, algunos pasaban la goleada que el Barcelona de Messi le metía al Santos de Neymar en la Copa de Clubes, 4 a 0 por el buche. Todos los comensales celebraban el triunfo del Barça. Lo malo es que si el resultado fuese al revés, todos celebrarían igual. Así es nuestra patria, todo el mundo está con el vencedor. Por eso siempre ha ganado la revolución, porque siempre lo hace y todos quieren estar en el bando que celebra.

El peo es que en el 2011 perdimos muchas batallas. De hecho en otros televisores pasaban Globovisión, y allí anunciaban que le habían dado otra cadena perpetua al Chacal. Otra derrota para otro gran revolucionario. Gadafi, Tirofijo, Osama, El Mono Jojoy y Kim Jong-il muertos; El Chacal, preso; Lula y el Comandante, enfermos... ¡no estábamos pegando una...! Y el riesgo era ese, que se nos metiera la pava de perdedores y el pueblo se fuese con los otros, para no perder... para poder celebrar. Era una preocupación. El CNE tenía sus límites.

Compramos diez pollos completos para llevar y los metimos en la camioneta. Eran aún las once pero di la orden de irnos directo al aeropuerto de La Carlota. No quería andar con esa bola de billete oliendo a pollo por las calles opositoras de Chacao.

En La Carlota nos recibió un GN con mucha amabilidad. Me dijo que tenían preparado un helicóptero de la Guardia pero que estaban esperando un repuesto.

—¿Y dónde está ese repuesto?

—Ya viene subiendo. Lo tenían retenido en la aduana, pero ya dimos la orden y lo vienen subiendo.

—¿Y como cuánto dura poner ese repuesto?

—Habría que preguntarle al técnico.

—¿Y dónde está el técnico?

—Acaba de salir a almorzar, debe llegar como a la una y media.

La tranquilidad con la que me lo dijo me obligó a respirar hondo. Con estos tipos no se debe pelear. Calma... calma...

—Compadre, el vuelo estaba reservado para las doce del mediodía.

El GN miró su reloj y dijo:

—Para las doce sí va a ser difícil, doctor. Yo le diría más como a las dos de la tarde, si le soy franco.

Casi me da un infarto. Mi madre en manos de unos malditos y el folklore burocrático criollo tomando las riendas del rescate.

—Hermano, esto es una emergencia. Llámate al técnico, dile que yo le doblo el sueldo si se viene ya.

—Debe estar almorzando.

—Dile que yo tengo unos pollitos en brasa recién salidos y se puede comer uno con gusto.

—¿Y no es mejor esperar a que llegue la pieza?

—¿Por qué?

—Usted sabe, el técnico no puede hacer nada sin la pieza, y si llega y no la tenemos, se puede molestar.

—¿Pero tú no me dijiste que la pieza viene subiendo de la aduana?

—Según…

—¿Según qué?

—Según dicen que ya viene subiendo.

—¿Quién dice que ya viene subiendo?

—El técnico.

—Llámate al técnico, hazme el favor.

—No tengo saldo, doctor. Si usted me da su celular.

Le di mi celular al GN y llamó al técnico… pero el técnico no atendió. Le pedí al GN que averiguara si había otro helicóptero y llamó a la base. De la base le dijeron que los controladores se habían ido a almorzar. Le pregunté a qué hora se iban a almorzar y me dijo que a las doce. Faltaban cuarenta minutos para las doce, pero ya se habían ido todos.

Pasé media hora agotando todas las opciones, hasta que llegaron las doce y pensé que debía llamar al Comisario.

—Doctor.

—Comisario.

—¿Cómo va eso?

—Estamos cuadrando en La Carlota, le falta un repuesto al helicóptero.

—Ah caramba. ¿Pero lo van a tener para hoy?

—Eso dicen.

—Bueno, yo estoy aquí almorzando con los funcionarios. Estaremos por allá a eso de la una y media.

—Aaaahh, Comisario, con todo respeto… yo tengo aquí diez pollos en brasa que usted me mandó a comprar para sus funcionarios.

—Ah caramba… se me había olvidado.

—Ya…

—Pero guárdelos por ahí que esos no se pierden.

—¿Y qué pasa si estos tipos no arreglan el helicóptero?

—Nada… qué va a pasar… nos vamos en uno…

El técnico nunca llegó.

El repuesto tampoco.

El Comisario y sus tres hombres llegaron a las tres de la tarde, con Ramiro esposado. Afortunadamente el helicóptero de la policía era de seis puestos. Nos fuimos nosotros sentados y Ramiro tirado en el suelo en el asiento de atrás.

Cuando estábamos despegando, Ramiro se me quedó viendo. Su rostro golpeado, trasnochado y hambriento, soltaba una mirada que me invitaba a conversar. Yo no tenía nada que hablar con Ramiro. Pero la vida de mi madre estaba en sus manos, no era estratégico generar más odio en él.

—Usted sabe, doctor –dijo–, que a su pure nosotros no lo matamos.

Lo miré sin dejar salir emoción alguna.

—Nosotros es habíanos secuestrado a unos chamos de Valle Arriba, y lo que estábanos era sacando gasolina cuando esa bruja se puso a preguntá.

Su versión coincidía con la oficial, lo que no me había pasado por la mente hasta ese momento era que el verdadero culpable había sido el policía que interrumpió el secuestro original.

Prendieron la hélice del helicóptero. Yo dejé de mirar a Ramiro... pero él siguió hablando.

—Usted mató quince menores, oyó. Quince costillas, el mío, que ni sabían quién era usted... ni quién era su pure... ni estaban pendiente de nada que no fuese sobreviví...

El ruido de la hélice se hizo insoportable y muteó, gracias a Dios, las palabras de Ramiro. Pero su mirada siguió fija sobre mí durante todo el viaje.

Arrancamos a las tres y media rumbo a Maracaibo. El vuelo duró una eternidad. Cuando llegamos comenzaba el atardecer. Sobrevolamos el inmenso puente sobre el lago, los pozos petroleros con sus gigantescas maquinarias... y pensé que era insólito que nunca antes había ido a Maracaibo.

Las reservas petroleras de Venezuela ascienden a doscientos noventa y siete mil millones de barriles. Eso nos coloca como el país con las mayores reservas de petróleo del mundo, muy por encima de Arabia Saudita. Casi todo ese petróleo está en el Lago de Maracaibo. Todos los venezolanos vivimos de ese lago y, sin embargo, la mayoría de nosotros nunca lo hemos visto. Eso está mal. Cualquier industria palidece al lado de esa mina de oro negro. Es nuestro tesoro y debemos cuidarlo. Por eso el socialismo tiene sentido en Venezuela. Porque el Estado es quien debe repartir la riqueza, pues para todos hay, si se administra bien. Lo contrario es regalarlo al imperio, a costa de nuestro potencial natural y nuestro trabajo.

Aterrizamos en el Aeropuerto Internacional de La Chinita. Entramos a una oficina del CCCP en un hangar mientras llenaban de gasolina el tanque del helicóptero.

En la oficina se contó el dinero que había en el maletín de Ramiro, frente a sus ojos. El chamo nunca había visto tanto dinero y estaba visiblemente emocionado. Se le pidió prueba de vida y a los cinco minutos nos llegó otro video de mi mamá.

Estaba sentada en la misma van blanca. Se veía cansada pero no parecía golpeada. Miraba a la cámara y, con el mismo ánimo de calmarme, hablaba en un suave tono de madre.

—Juancito, estoy bien. Me dicen que ya se va a arreglar todo. Estoy tranquila. Esperando. No me han tratado mal, aunque no me pudieron dar un baño para hacer mis necesidades... pero bueno, espero que todo esto se arregle y nos veamos hoy.

Mi señora madre había sido obligada a mearse encima. Pocas cosas pueden doler tanto como eso. Pedí hablar con ella. Los videos ayudaban, pero yo quería saber que estaba bien en este momento. Me la comunicaron.

—Juancito.

—Mamá...

—¿Cómo estás?

—¿Cómo estás tú, mamá?

—Yo bien, hijo. No te preocupes. Esperando, me dijeron que falta poco.

—Ya mismo vamos a resolver esto.

—Qué bueno. Ustedes me dicen qué debo hacer.

—Quédese tranquila y haga lo que le dicen, esto va a terminar de la manera más amigable posible.

—Okey.

—Te quiero mucho, mamá, perdóname.

—No te disculpes, hijo. Así está este país.

Colgaron.

—¿Cuál es el plan, carajito? –preguntó el Comisario.

Ramiro habló calmado, profesional:

—Los socios ya están en Maicao. Me voy yo con el piloto y me lo dejan desarmao. Le doy las coordenadas en el aire, aterrizamos, yo piro, y el piloto se devuelve en el pájaro.

El Comisario escuchó con atención, y todas las miradas se centraron en él cuando respondió.

—El piloto y un oficial armado se van contigo y tú te vas esposado. Aterrizan y nos dan el veinte de la señora. Si el veinte se confirma, el piloto te suelta y te lanza las llaves mientras coge vuelo.

—¿Y cómo sé que no me va a matá cuando me suelte?

—Tú estás dando coordenadas porque abajo está tu gente. Si él te mata lo matan a él. Además… no gano nada con matarte. A la institución se le dio su parte. El doctor aquí es un hombre serio y decente, y todo esto va a terminar bien.

Ramiro lo pensó por un momento. Hizo un estudio mental de la situación. Me miró. Miró al Comisario y sentenció.

—El doctor se viene en el pájaro. Si no, no hay trato… Me puedes matá de una vez que igual ando relajao.

Tragué hondo. Miré al Comisario. No parecía gustarle nada la idea.

—¿Y para qué tú quieres al doctor allí? –preguntó.

—Porque a él no lo van a dejar morí –dijo Ramiro.

Hubo silencio. La frase de Ramiro llevaba implícita una acusación: "A los policías puede que los quieras sacrificar, pero con el doctor no te vas a meter". No era algo fácil de escuchar para los funcionarios, porque era cierto y se acababa de demostrar.

Todos me miraron esperando respuesta.

—Aquí nadie se va a morir –dije–, todo esta mierda se va a acabar y cada quien se va a llevar lo que quiere.

La verdad, me gustaba la idea de ir a la entrega, pues estaría allí para impedir cualquier idiotez de los pacos. Había tanta mala sangre entre estos grupos, no los podía dejar solos. Me alegré aún más al escuchar que Pantera se ofrecía a venir con nosotros. El Comisario se quedaría en tierra coordinando la operación.

TRAGAVENADOS EN COLOMBIA

Me pusieron chaleco antibalas y traje de comando por segunda vez en veinticuatro horas.

El piloto, Pantera, Ramiro y yo nos montamos en el helicóptero. Nos dieron audífonos sintonizados con la misma frecuencia de la base. El Comisario los probó y lo escuchamos sin problema.

A eso de las seis de la tarde cogimos vuelo rumbo a Maicao. En unos minutos estábamos sobrevolando la frontera con Colombia. El piloto se negó a cruzarla hasta no saber las coordenadas.

Ramiro pidió chequear su celular... pero nada... no llegaban las coordenadas.

Estuvimos cinco minutos detenidos en el aire, con las bolas en la garganta. Veíamos el Golfo de Venezuela de un lado, la Guajira de Colombia del otro. Y nada que llegaban las coordenadas.

Ramiro nos pidió que tuviésemos paciencia.

Yo ya no sabía qué hacer para calmar mis nervios. Me mordía los dedos con rabia, como un caníbal. Pantera intentaba tranquilizarme pero en vano.

El Comisario preguntaba por radio, cada treinta segundos, por el estatus del vuelo. Estaba histérico, gritando, nervioso, toda la vaina olía mal.

Por fin llegó un mensaje de texto con las putas coordenadas.

El piloto las insertó en el computador del helicóptero. Se las leyó al Comisario y esperamos los veinte segundos más largos de mi vida por su autorización.

—Vas a tener que entrarle de lado –dijo–, dirección suroeste, con veinte lejano del puesto de frontera. Si te contacta Colombia te disculpas y te devuelves. Baja pausado y trata de no estar más de treinta segundos en piso. ¿Copiado?

—Copiado.

—Activo.

—Voy.

El helicóptero se puso en movimiento.

Cruzamos la frontera. Entramos a Colombia a buscar un punto en la Guajira, ligando que la fuerza aérea del país vecino no nos volara en pedazos pensando que éramos narcos.

Avanzamos dos minutos y vimos el sitio: era una cancha de futbol comunitaria, en las afueras de una zona llamada Causarijuno. Tenía varias carreteras aledañas, Maicao no estaba muy lejos. Era fácil entender el plan de los tipos.

Comenzamos a bajar.

Miré a Ramiro para leer sus gestos. Si él estaba tranquilo, no había nada que temer. Pero Ramiro no estaba tranquilo. Pensaba que lo iban a matar. No se creía el cuento de que toda esta historia terminaría con él forrado de billetes y en libertad.

Notó que yo lo estaba mirando. Me miró con desenfado y sonrió. Era una sonrisa difícil de interpretar. ¿Se estaba burlando de mí? ¿Me ofrecía camaradería? Estábamos juntos en esto y a todos nos convenía que saliera bien.

Bajamos cien metros en segundos. El estómago me latió del vértigo. Solo un piloto policial se atreve a hacer un descenso como ese.

Cuando estábamos a veinte metros de altura, tres camionetas pick up se nos acercaron y nos rodearon. De cada camioneta salieron otros carajitos. Nos apuntaron varias FAL, Kalashnikovs, y otras armas de menor calibre. Era la otra mitad de los Tragavenados, los que quedaban vivos.

El piloto siguió su descenso con cautela. Pantera agarró a Ramiro y le pegó la Ingram en la sien para que todos los de abajo lo vieran.

Faltando diez metros para aterrizar, como si la tensión no fuese ya suficiente, las autoridades colombianas se pusieron en contacto. La comunicación se llevó a cabo en claves de aviación. El piloto pidió disculpas, dijo que pensaba estar en territorio venezolano y se comprometió a devolverse inmediatamente.

Cuando faltaban cinco metros para tocar el suelo, Pantera le exigió a Ramiro otra prueba de vida. Ramiro sugirió que chequearan mi celular.

¡Me acababa de llegar un video!

Logré abrirlo cuando el helicóptero tocó piso.

La cámara estaba en el puente Rafael Urdaneta sobre el Lago de Maracaibo, a la altura del kilómetro cinco (según pude ver en la señalización). La imagen mostraba el sitio y después pasaba por encima de la acera del puente, hasta llegar a un punto inferior, que no se veía desde donde pasaban los carros. Allí… amarrada a una columna de concreto con sogas y tirros plateados de electricista... mi mamá estaba en pánico... con la boca tapada, con el viento sacudiendo su cabello y sus ojos suplicando que se acabara esta pesadilla.

Casi convulsiono de la angustia.

—¿Qué coño hace allí?

—Ahí se la dejamos, sana y salva.

Yo no sabía si creerle. El viento de las hélices hacía casi imposible ver bien el video, el ruido no permitía escucharlo.

El Comisario gritó por la radio.

—¿Qué coño está pasando?

Le intenté mostrar el video a Pantera. Pero estaba muy nervioso con el poco de armas apuntándonos... Se encogió de hombros.

—Es su decisión, jefe.

—Nos tenemos que ir –añadió el piloto.

Yo miré a mi mamá en el video una vez más. Estaba completamente amarrada a la columna. Sería una locura amarrarla así solo para engañarme.

—¿Y no la puedes llamar? –le pregunté a Ramiro.

—Si quiere le manda un fax, doctor... ¿no está viendo que está amarrada? No puede hablá. No está con nadie.

Volvieron a comunicarse las autoridades fronterizas colombianas. El tono era ahora más agresivo, amenazaban con mandar una nave a buscarnos.

—Nos tenemos que ir –repitió el piloto.

El Comisario gritaba por la radio... Yo no sabía qué decía ni qué decirle. El piloto le respondió.

—El doctor está evaluando la prueba de vida, Comisario. Le comunico en lo que arranquemos.

—Tienen que darle chola –respondió.

—Es correcto, mi Comisario.

Pantera me miró esperando respuesta.

No estaba fácil. Devolverse sería una locura. Coger vuelo con Ramiro a bordo invitaría a los de abajo a llenarnos de plomo. Explotarían el tanque de gasolina y volaríamos por los aires.

Arrancar sin Ramiro implicaba dejar todo a la suerte, que no parecía estar de mi lado últimamente. Pero era indiscutible que mi mamá estaba viva en ese sitio. Lo lógico era dejar esta locura de este tamaño e irme a buscarla.

—Confíe en la juventud –dijo Ramiro y me sonrió otra vez, con camaradería.

No me quedaba otra. Miré a Pantera y le hice un gesto de que lo soltara.

Pantera dio sus instrucciones a Ramiro.

—Te bajas con las manos en la nuca, caminas dos metros y te quedas ahí parado. Si te mueves o alguien dispara, te vuelo el coco.

—Póngame el maletín en la mano y yo me bajo. Estese tranquilo que nadie va a dispará –dijo Ramiro con mucha calma.

A nuestro alrededor todos tenían el dedo en el gatillo. Era muy fácil que esto terminase en muerte y nunca supiese si mi madre estaba bien o no. Pero la posibilidad de salvarla me daba esperanza, era la única opción.

Pantera y el piloto se comunicaron por radio.

—Lo pongo en el piso y coges vuelo.

—Afirmativo.

Ramiro puso sus manos, aún esposadas, detrás de su cabeza. Pantera me señaló el maletín. Lo agarré y se lo colgué de las manos a Ramiro. Lo sostuvo con fuerza.

El Comisario seguía gritando:

—¡¿Cuál es el estatus?!

—Estamos arrancando, mi Comisario.

Y así fue… con la Ingram de Pantera apuntando su nuca, cargando el maletín lleno de casi medio millón de dólares, Ramiro puso los pies en la tierra, caminó dos metros y se detuvo.

Pantera se cubrió con la puerta. Era casi imposible dispararle desde afuera. Su cañón estaba a dos metros de Ramiro, no podía fallar. Si querían a su jefe vivo, no tenía caso dispararnos.

Yo me resguardé detrás de Pantera… y comencé a rezar.

—Padre nuestro que estás en los cielos…

El piloto activó el ascenso, y como en cámara lenta, comenzamos a subir.

—Santificado sea tu nombre…

Subimos cinco metros. Ramiro seguía inmóvil. Los cañones de los Tragavenados subían en dirección a nosotros.

—Venga a nosotros tu reino… Hágase tu voluntad… en la tierra como en el cielo…

Llegamos a diez metros de altura. Ramiro no se había movido. Pantera seguía apuntándolo. Los Tragavenados nos apuntaban a nosotros.

—Danos hoy nuestro pan de cada día...

Llegamos a los veinte metros de altura... el punto más peligroso para nosotros: Ramiro era un blanco mucho más pequeño que el helicóptero. De aquí pa'lante todo era lotería.

—Perdona nuestras ofensas, como también nosotros perdonamos a los que nos ofenden...

Alcanzamos los venticinco metros... y Ramiro soltó el maletín...

—No nos dejes caer en la tentación y líbranos del mal...

Pantera se preparó para lo peor.

Ramiro levantó los brazos en triunfo.

Los Tragavenados corrieron hacia él.

Nosotros levantamos vuelo... y en instantes nos montamos en cincuenta metros de altura...

Los Tragavenados y Ramiro se abrazaron, brincaron... celebraron como niños... la vida... los reales... todo lo que habían logrado, gracias a todos aquellos a quienes habían perdido...

En segundos cruzamos la frontera... regresamos a Venezuela.

—Amén.

El Comisario volvió a hablarnos.

—¿Dónde están?

—Rumbo a la base –dijo el piloto.

—Rumbo a la base nada –interrumpí–, vamos al kilómetro cinco del puente sobre el lago.

—¿Allí está su madre? –preguntó el Comisario.

—Eso espero –dije con serenidad y mucho temor.

—Nos vemos allá –concluyó el jefe de la operación.

PUENTE SOBRE EL LAGO DE MARACAIBO

Me recosté en mi asiento y miré hacia afuera. La inmensidad del golfo nos recibió en nuestro regreso a la patria. Ya casi era completamente de noche. El relámpago del Catatumbo nos iluminaba en la distancia. A través de sus rayos mi padre nos daba aliento. Venezuela nos abría los brazos, me regalaba una segunda oportunidad. Perdí a mi padre pero salvé a mi madre... y con eso vuelvo a ser humano... con ellas... con mi madre y con Scarlet... por siempre...

Comenzamos a sobrevolar el puente sobre el lago. Estaba iluminado de colores, la maravilla arquitectónica de la democracia civil adeca, brillando en todo su esplendor. El puente tiene un poco menos de nueve kilómetros. El quinto está cerca de las torres del medio. Pero es difícil encontrarlo desde los aires, en plena noche.

Le pedí al piloto que bajara lo más posible. Comenzamos a bordear el puente...

Primero por un lado...

Después por el otro...

El helicóptero tenía un faro poderoso. Iluminamos todas las columnas, los muros, los andamios...

Nos movimos lentamente por varios minutos...

Pero no la encontramos...

¡No puede ser...!

¡Tiene que estar allí...!

Dimos otra vuelta. Bajamos nuestra altura, hasta casi rozar el agua del lago…

Seguimos iluminando el borde del puente, en tenso silencio…

Yo pensaba…

¿Qué pasa si no aparece?

Nada. No pasa nada. Los niños se llevaron el dinero y el idiota nunca sabrá qué pasó con su mamá…

Estaba por volverme loco…

Estudié el video una vez más. Pantera lo vio conmigo.

—Pareciera que está por dentro –dijo.

Le llevó mi iPhone al piloto, le mostró el video. Evaluaron opciones y sugirieron que a lo mejor estaba en la parte interior del puente.

El piloto movió la nave y la condujo al estrecho túnel que se forma entre las columnas interiores, bajo el puente. Era una maniobra peligrosa. Cualquier viento nos podía empujar hacia el concreto y allí sí que todo se iba al carajo.

Avanzamos en tensión, en silencio. Una parte de mí ligaba el accidente: morir en llamas en el aire era mejor que vivir con esta humillación…

Cruzamos todo el túnel, estábamos a punto de tirar la toalla… cuando de repente…

¡La vimos…!

Estaba vestida de blanco… parecía un ángel amarrado a una columna. La iluminamos con el faro… la vimos una y mil veces… y yo comencé a llorar de felicidad. Abracé a Pantera. Di gracias a Dios. Cerré los ojos, me persigné… le di palmadas de agradecimiento al piloto. Grité. Alcé los brazos…

Las patrullas motorizadas del CCCP entraron al puente.

El helicóptero salió de debajo del puente y se elevó, posicionándose encima de la columna donde estaba mi mamá. Pantera lanzó las cuerdas necesarias para el descenso.

—Yo quiero ir –dije con desesperación.

—Quédese aquí, jefe. Ya la vamos a recoger

—Pero, ¿por qué no puedo ir?

—Hay demasiado viento, es peligroso. No pasa nada si espera un momento y nos deja trabajar.

Pantera se amarró un arnés y se enganchó a las cuerdas. El Comisario pidió información. Pantera le respondió.

—Hemos ubicado el veinte de la señora, pero es demasiado complicado de explicar desde acá arriba. Me dispongo a bajar, Comisario.

El Comisario mandó a detener el tránsito del puente en ambas direcciones. Un grupo de funcionarios agarró el final de las cuerdas de descenso y nos hizo señal de luz verde.

—Proceda, funcionario –dijo el Comisario por la radio.

Pantera confirmó posición con el piloto y comenzó a descender.

Bajó con velocidad felina…

Yo miré desde arriba con la garganta hecha pedazos: lloré de angustia, alegría, nervios, cansancio, esperanza…

Pantera tocó el piso.

El Comisario le dio un abrazo y lo felicitó.

Pantera señaló el camino.

Siguieron dos minutos demenciales que sentí como si fuesen dos horas de absoluto suspenso.

Le pedí al piloto que volviera a bajar, para ver cómo Pantera desamarraba a mi madre y la llevaba sana y salva a tierra firme.

El piloto me pidió que recogiera las cuerdas y así lo hice. Luego movió la nave y nos posicionamos, desde abajo, iluminando a mi madre. En ese momento, Pantera se le acercaba.

Desde donde yo estaba no se podía distinguir si mi madre se movía. Nada garantizaba que estuviese bien. Pero, ¿por qué no iba a estarlo? Estaba bien en el video... y Ramiro había sido entregado sano y salvo.

Pantera llegó a donde estaba mi mamá...

Y mi corazón se detuvo cuando nos comenzó a hacer señas negativas.

El piloto me aclaró que Pantera estaba pidiendo que le quitase el foco de encima, pues no lo dejaba ver.

Respiré hondo. Apunté la luz a otro lado. Dejé a Pantera y a mi madre casi a oscuras, iluminados por los bombillos de neón azul y rojo del exterior de las columnas del puente.

Le pedí al piloto que volviese arriba, a nuestra posición anterior. Así lo hizo.

Llegamos a la parte superior del puente y dije por radio:

—Comisario, asumo personalmente el riesgo. Voy a bajar. No me lo puede impedir.

El Comisario se tomó unos segundos y luego respondió…

—Entendido.

Lancé las cuerdas y me amarré a un arnés, como había visto a Pantera hacerlo. Enganché el arnés a las cuerdas.

El piloto me ajustó el equipo de descenso, me explicó cómo agarrarme y me suplicó que descendiera con lentitud y cautela. Varios funcionarios en el puente sostuvieron las cuerdas.

Comencé a bajar.

Entre el viento del helicóptero y el del lago, no era nada fácil mantenerme agarrado.

Tenía que usar todas mis fuerzas para no salir volando.

Cada escalón medía un metro y eran como cuarenta metros para abajo.

El viento era insoportable. Me sentía en medio de un huracán. A medida que bajaba aumentaba la presión y subía la intensidad de la corriente de aire.

El viento me sacudía a empujones. Cada vez se hacía más difícil mantenerme atado. Pero toda la adrenalina que había acumulado durante días me hizo mucho más fuerte de lo que soy.

Los últimos diez metros fueron más fáciles. El puente me protegió del ciclón. Estaba exhausto pero alerta cuando mis pies tocaron el piso.

En tierra me recibieron el Comisario y Pantera.

—¿Dónde está? –grité emocionado.

Sus caras me lo dijeron todo, pero no se los creí.

El Comisario señaló a un lado, detrás de mí.

A unos metros, una sábana blanca cubría un cuerpo.

Salí corriendo hacia ella.

Intentaron detenerme pero no pudieron.

Levanté la sábana blanca y vi el cuerpo de mi madre…

Y a su lado…

Separada de su cuerpo…

Su cabeza…

NOTA DEL COMPILADOR
Lo que sigue es la traducción de los mensajes privados intercambiados, vía Twitter, entre la señorita Scarlet y su novio Michael.

> @Michael31
> Ya averigüé.

@ScarletT45
Q cosa?

> @Michael31
> Estás en el Beverly Hills Hotel.

@ScarletT45
Falso...

> @Michael31
> Estás en la Suite Monroe.

@ScarletT45
Falso.

> @Michael31
> Voy para allá.

@ScarletT45
Ni se t ocurra!!!!!!!

> @Michael31
> Voy a la piscina. Este es un país libre. No me lo puedes impedir.

@ScarletT45
Deja la tontería. Si quieres voy a tu casa.

> @Michael31
> OK.

EL ELEFANTE BLANCO

Me tomó un par de días salir del país. El Comisario, que se llevó feliz sus maletines llenos de dólares, me ayudó a evitar que emprendieran una larga investigación por asesinato. La idea de una autopsia, que convirtiese el cadáver de mi mamá en picnic para médicos forenses, me horrorizaba.

La enterré junto a mi padre, en el Cementerio del Este. No hubo velorio. No hubo ceremonia de entierro. Nadie se enteró de lo ocurrido. Solo ella, mi padre, yo, dos enterradores que trabajan en el lugar y Pantera que me esperó en el estacionamiento.

No tenía más lágrimas para llorar. Enterré a mi mamá y con ella enterré mi vida, mi alegría. Mi pasado y mi presente. Me enterré a mí mismo. Nadie me rescataría de este infierno. Mi alma había dejado de existir.

Mi primer instinto fue lanzarme a una odisea en Colombia, en busca de Ramiro y su banda. Pero era un concepto absurdo. Colombia y Venezuela no son amigos. Mis contactos bolivarianos conocen gente de las FARC. Pero las FARC no son las de antes… están de retirada. Uribe y Santos les han dado demasiado plomo y casi todos los jefes están escondidos en el Hotel Alba en Caracas. Desde Venezuela comandan sus operaciones de narcotráfico, extorsión y secuestro, y movilizan a las tropas con la mayor estrategia militar posible. Pero no tienen control de las ciudades grandes colombianas y, sin duda, Ramiro y los Tragavenados son gente de ciudad.

Algún día, quizá, Ramiro se cruzará en mi camino. A lo mejor utiliza bien su dinero, crece como empresario y nuestras vías se encuentran. Pero no creo. Lo más probable es que termine muerto en un par de años por cualquier razón. Esa triste realidad es la que hace que mi desastroso intento de venganza sea tan absurdo. Pude haber salido del país con mi madre y comenzar una vida nueva en Los Ángeles. Pude esperar a que la violencia de su mundo se lo raspara por mí. Pero no... tuve que ir a defender mi honor y terminé pagando... como todos aquellos que han intentado domar al salvaje pueblo venezolano.

La cabeza de mi madre sobre un manto blanco, era la respuesta al enigma del explorador: el explorador no era el Comandante; éramos todos: civiles, militares, gobierno y oposición, industria pública y privada... todos juntos hemos creado un monstruo.

El explorador pensó que compró su perdón al haberle salvado la vida al elefante herido. Pero no, no le salvó la vida, se la jodió: el elefante fue capturado por una tribu de caníbales que lo esclavizó, que lo usó para sus rituales. Vivir como esclavo es peor que morir. Por ello el elefante reconoció al explorador como el traidor original, aquel que lo encontró en medio de una tragedia, le dio la ilusión de la vida y lo condenó a un destino mucho más infeliz que la muerte.

El elefante blanco es el pueblo venezolano: oprimido y olvidado. Ilusionado y excluido. Engañado por noble.

Traicionado por fiel. Condenado a una eterna prisión por los caníbales del cuento: su miseria, su descomposición social, sus pruebas constantes de que no hay vías ni razones para progresar. En esta tierra de caníbales no hay motivos para ser honestos. No hay virtud en respetar al prójimo. No hay castigo para el malo. No hay premio para el ser moral. Solo triunfa el hábil, el abusador, el que no se detiene en consideraciones…

La nobleza de aquellos Venezolanos decentes que están en el medio no tiene importancia. Son tontos útiles envueltos en una bomba de tiempo. Elefantes cautivos que no han notado su esclavitud, pero que no dudarán en mostrar su furia, apenas llegue el momento en el que puedan aplastarle la cabeza al explorador.

Empaqué varias maletas y me despedí de mi casa. No sabía cuánto tardaría en volver. Mucha agua tendría que pasar por esta cloaca antes de sentirme seguro y dispuesto a regresar. Me llevé mi dinero y no dejé nada que tuviese importancia.

Nos criaron en "el mejor país del mundo", pero ya todos sabemos que es el peor. El Comandante es el pueblo, y el pueblo está enfermo. Hay quien piensa que es necesario un fratricidio para que todos entendamos, de una vez por todas, que si no progresamos todos, no progresará nadie. Pero ese fratricidio ya sucede a diario, y cada día estamos más lejos de comprender.

Me despedí del personal. Me miraron con lágrimas en los ojos. Sabían que era cuestión de tiempo: quedarían sin trabajo y volverían a ganar sueldos normales de venezolanos, aquellos con los cuales nadie puede tener una vida decente.

Pantera me llevó al aeropuerto. Cuando cruzamos el Boquerón y salimos de Caracas, le dije que el maletín que estaba en el asiento de atrás tenía los cien mil dólares que le prometí. Con eso, seguro, podría sacar a su familia del 23 de Enero y vivir por unos años, cómodo, donde quisiera.

Pero su reacción no fue la que esperaba. Ni sonrió, ni se le aguaron los ojos, ni me miró como si fuese su salvador. Más bien sacudió la cabeza, se encogió de hombros y dijo:

—Con todo respeto, jefe... Su dinero está maldito. Eso es mejor no tocarlo.

El coño de su madre. Lo que me faltaba. Ahora resulta que la maldición la lleva mi dinero.

—Ahí lo tienes –dije–, si lo quieres quemar, quémalo. Yo cumplo contigo... porque tú cumpliste conmigo.

Hizo un gesto afirmativo, de agradecimiento... no sé si planeaba quemarlo o utilizarlo. Tampoco me interesa.

El avión del testaferro del pana había regresado de Rusia la noche anterior. Salí de suelo patrio en mi nave natural, el espacio de mi primera cita con Scarlet, de mi luna de miel. Pero hasta Scarlet me sabía a mierda en ese momento.

El hombre que se había enamorado de ella ya no existía. Tendríamos que reencontrarnos para ver si era posible que yo alguna vez volviera a sentir algo en mi vida.

CANGREJERA

Scarlet me recibió en el aeropuerto LAX. El invierno había llegado al sur de California en los últimos días, y ella vestía un sobretodo gris de Chanel. Me besó y me miró con cariñosa preocupación.

—¿Cómo estás? –preguntó.

Era una pregunta tan sencilla, tan rutinaria, de tan poco significado en condiciones normales.

—*Hanging in there* –le dije en inglés.

Era una expresión gringa que literalmente significa "colgando ahí". Pensé que quizá mi vida, de aquí en adelante, se trataría de eso: mantenerse de pie. Aguantar, seguir colgado de ahí... cualquiera que fuese ese lugar llamado "ahí".

La sonrisa de Scarlet no había disminuido ni una pizca de su encanto. No puedo decir que al verla todo se arregló, porque más nunca se arreglaría todo. Pero sí sentí cierta esperanza.

Se preocupó al ver mi dedo con vendas. Le dije que no era nada, me había cortado.

En el estacionamiento, Scarlet me sorprendió con un regalo: me había comprado una Range Rover Evoque 2012, blanca, con todo el techo de vidrio. Una especie de Jaguar levantado, con todos los juguetes y accesorios. Una belleza.

Yo estaba demasiado cansado como para tomar el volante. Le agradecí el detalle, monté mis maletas y le pedí que manejara.

Scarlet no sabía nada de lo de mi madre. En los días que siguieron al asesinato me había limitado a pedirle que no hiciera muchas preguntas, y prometerle que pronto estaría con ella.

Pasar del infierno que acababa de vivir, al paraíso que me estaba recibiendo, hacía que mi última semana pareciese un mal sueño. Se me ocurrió que una manera de lidiar con todo, sería pensar que solo había sido una pesadilla.

Llegamos a nuestra suite del Beverly Hills Hotel. Scarlet ya tenía una semana viviendo allí y lo había convertido en su pequeño apartamento. Se quitó el abrigo y quedó en un mono deportivo. Yo me metí a la ducha y prendí los chorros de masajes. Gradué el agua lo más caliente que pudo soportar mi cuerpo. La miré a través de los vidrios mojados, sacando la ropa de mi maleta, dividiendo lo que iría a la tintorería y colgando en el clóset lo que estaba limpio.

¿Era ella mi mujer? ¿Mi señora esposa? ¿Era este el hogar que necesitaba yo para exorcizar los demonios que me habían poseído?

Scarlet notó que mi ducha se alargaba y se acercó a verme. Me miró a los ojos y comenzó a bajar su mirada lentamente. Observó mi cuello... mis pectorales... mis abdominales... y se quedó fijamente mirando mi pene. Yo sonreí por primera vez en una semana. Pero ella no subió sus ojos para acompañar mi sonrisa. Siguió mirándome la paloma como hipnotizada, abriendo levemente su boca, cerrando un poco los párpados, respirando cada vez más fuerte... como si estuviese luchando por controlarse y evitar lanzarse a mamarme el güevo.

Mi sonrisa desapareció y me puse muy serio a observarla. Pegó su nariz al vidrio, como para verme más de cerca. Su aliento empañó su mirada. Lamió el vidrio y con su lengua abrió una ventana para seguir mirándome el miembro (que ya para entonces estaba firme y señalándola, cual perro cazador).

La metí a la ducha con la ropa puesta y comencé a desvestirla. Le quité el sweater y la franela y descubrí sus pechos perfectos... sus pezones rosados enmarcados por un pequeño círculo de crema. Besé su barriga con desesperación y le quité los pantalones y la ropa interior. Me arrodillé ante ella y me lancé, buscando mi salvación, sobre su monte de Venus. Metí todo su blanco y depilado bollito en mi boca y convertí todo mi dolor en un deseo brutal de darle placer. Moví mis labios sobre su clítoris, mis dientes sobre sus labios vaginales. Mi lengua entró y salió de su cuerpo con velocidad animal.

Me agarró por la parte de atrás de la cabeza y me empujó hacia adentro, jaló mi cabello hacia ella, como si quisiera meterme completo en su cuerpo. Sus gemidos acariciaron mi alma herida. Sus contracciones me hipnotizaron y me hicieron olvidarlo todo. Me perdí entré sus muslos y bebí con desesperación de la única fuente que podía salvar lo que quedaba de mi corroída y condenada humanidad.

Soltó su primer orgasmo en mi boca, gritando de un placer que mis oídos no sentían terrenal... como si del cielo me hubiesen mandado una sirena para consolarme.

Me levantó agarrando mis cabellos. Se volteó y se inclinó contra el vidrio de la ducha. Me ofreció sus nalgas redondas y rosadas, parcialmente doradas por las caricias del sol cubano sobre su hilo dental. La agarré por las caderas y fui, lentamente, entrando a su cuerpo, como quien saborea el último pedazo del postre de un manjar. El agua de los chorros de masajes nos atacaba por todos lados. Era como hacer el amor bajo una cascada.

Scarlet me señaló un espejo en el otro extremo del cuarto y me invitó a que nos mirásemos. El vapor había humedecido los vidrios por lo que parecíamos un mismo cuerpo en movimiento pendular. Sus tetas se adivinaban en el distante reflejo. Su rostro, cubierto por su rubia cabellera, se acercó al vidrio y me permitió ver su placer. Sus ojos entreabiertos me pedían que me la cogiera con más fuerza y así lo hice. Una y cien veces la tomé por la cintura y tiré de su culo hacia mí. Su cuquita apretada me recibió con un calor acariciante, acurrucante, una calidez tan humana que me recordó la indiscutible realidad de nuestra unión.

Vacié mi semen dentro de ella mientras se contraía. Su vagina me chupó el miembro. ¡Era cangrejera la muchacha...! ¡Esperanza...! ¡Ironía del universo...! ¡Qué recompensa tan grande después de tanta culpa y de tanto castigo...!

Nos terminamos de bañar enjabonándonos el uno al otro. Ella frotó una esponja sobre mi espalda y fue centímetro a centímetro limpiando mi piel. Lo sentí como un despojo: la muerte, la peste, las culebras, los cementerios, los Santos Malandros, el gas de las motos, el sudor y la sangre, la humedad, la pólvora, los tiros, Ramiro, Colombia, Pantera, el Comisario, los calabozos de la policía, la enfermería, Tartufo, mi Madre...

Scarlet limpió todas mis penas... y yo comencé a llorar.

Ella continuó su ritual de sanación. No preguntó nada. Lo supo todo. No hizo falta hablar. Mis lágrimas se fundieron con la cascada y rodaron bendecidas por sus caricias hacia el desagüe. "Está bien", me dijo, "llora todo lo que quieras. Estoy contigo, por siempre, todo va a estar bien".

Salimos de la ducha y me secó con la misma cautela con la que me bañó. Nos acostamos en la cama desnudos y nos dormimos abrazándonos con fuerza...

BEVERLY HILLS 90210

Al día siguiente me desperté escuchándola meterse unos pases. Eran las nueve de la mañana. No creo que me haya metido pases tan temprano en toda mi vida. Lo loco es que estaba vestida de lo más elegante. Le pregunté por qué hacía eso y me dijo:

—Hoy es mi presentación de fin de semestre, si no me jalo me pongo nerviosa. Además, mi exposición es sobre Freud y la cocaína, es lógico que la haga jalada como estaba él.

¿Freud? Dentro de mi casi completa ignorancia sobre el tema, sabía que era un psicólogo y que había dicho que el sexo era la base de todo. Pero no tenía ni idea de que fuese periquero.

Scarlet: la estudiante de psicología de la UCLA que se mete pases para no ponerse nerviosa en una presentación.

—¿Y yo no puedo ir a tu presentación? –pregunté con inocencia.

Lo pensó por un instante, se metió otro pase y lo siguió pensando.

— Me pondría demasiado nerviosa –dijo.

—¿Cuánta gente habrá en el público?

—Como cien personas. Son dos salones juntos.

—Daría lo que sea por verte exponiendo ante toda esa gente.

Scarlet lo pensó por un rato más. Después dijo:

—Te puedo dar el nombre del auditorio… si entras a oscuras, te sientas atrás, no llamas la atención, ni me miras si te veo, puede que no me afecte.

Acepté emocionado. Qué mejor manera de pasar el día, viendo a mi Scarlet demostrar su sabiduría en una de las mejores universidades del mundo.

Me vestí para salir, y estaba por cerrar la puerta cuando vi el estuche de la Colt. Por primera vez en mi vida en los Estados Unidos, sentía necesidad de salir con pistola. Le pregunté a Scarlet si debía llevarla y dijo que me había vuelto completamente loco.

Probablemente tenía razón. Me había vuelto loco. Pasarme el suiche y olvidar toda la violencia recién vivida, disfrutar de la PAX Americana y ser el que había sido hace unos días, sonaba mucho más fácil de lo que era.

—Te tienes que relajar –dijo Scarlet–, ya eso se acabó. Estás en California y vas a la universidad donde nació el movimiento hippie. Nadie ha visto una pistola ahí en toda su historia.

Scarlet agarró el cigarrillo electrónico y lo llenó de marihuana líquida. Me obligó a que me arrebatara un poco para que bajara la guardia. Me prohibió darme unos pases para que no la subiera y arrancamos para UCLA.

La dejé en la entrada de la universidad. Me indicó que buscara estacionamiento, dejara el carro y después fuera al Frank Hall, junto a la sede principal de la Escuela de Psicología.

Estacioné a un par de cuadras y fui preguntando y viendo en mapas los nombres de las escuelas del inmenso campus. Confieso que nunca había estado en una universidad gringa y me hizo bien la buena vibra. No sabía que aquí había nacido el movimiento hippie. La verdad no sabía muy bien qué coño era el movimiento hippie, pero sonaba de lo más relax. Además, según Scarlet, aquí estudiaron Jim Morrison, James Dean y Shakira. ¿Qué más se puede pedir en la vida?

Llegué al Frank Hall y entré en silencio. Era un auditorio pequeño, como para doscientas personas. La mitad de las sillas de la audiencia estaban ocupadas. Me senté en la última fila, como habíamos acordado. En el escenario había una mesa antigua dispuesta con mucha solemnidad. En ella, tres profesores también antiguos, escuchaban a un chamo de veinte años hablando una cantidad de vainas enredadas que no entendí. Detrás, en otra mesa y prevenidos al bate, había cinco estudiantes más, nerviosos, repasando su presentación mientras fingían que escuchaban la de los demás.

Entre ellos estaba Scarlet. Esa maestra sexual que me cambió la vida, esperaba sentada como una estudiante más. Se veía concentrada, releyendo sus papeles, invirtiendo su cerebro en su futuro, asumiendo su responsabilidad y dando la talla ante el privilegio de ser parte de esta legendaria academia.

Era difícil no enamorarse de ella. Por más que mi descenso a los infiernos bolivarianos me hubiese dejado completamente traumatizado, la pureza de esa alma aún adolescente, llena de sed de conocimiento y un afán por vivirlo todo con intensidad, suavizó un poco mi sediento pecho con una gota de optimismo.

Pasaron veinte minutos en los que no entendí un carajo, aplaudieron a los dos que venían antes de ella y le llegó el turno a Scarlet.

Se veía muy segura, sin duda producto de los pases que se había metido. Habló sobre el doctor Freud, a quien llamó el padre del psicoanálisis. Explicó cómo Freud pasó las dos décadas en las que desarrolló su famosa teoría, recomendando la coca como estimulante y como analgésico. Según Scarlet, Freud consideraba a la cocaína como la cura para muchos de los problemas mentales de los individuos. El pana había descubierto que si le das coca a un paciente, se pone a hablar como un perico, y como lo que más cura a la gente enrollada es hablar sobre sus problemas, todos salían curados después de unos buenos pasecitos y una buena charla.

Creo que Freud descubrió algo que media Caracas podía confirmar. Sabemos que somos la sociedad con menos suicidios en el mundo, pero nunca se me había ocurrido que era porque todos nos caemos a pases.

Lo cierto es que Scarlet se la comió, y al final todos aplaudimos su presentación. Un profesor le advirtió que Freud después renegó del uso de la coca. Ella replicó que lo hizo en 1896, más de una década después de haber publicado sus trabajos sobre los beneficios del perico; mucho después de haber desarrollado toda la base de su teoría del psicoanálisis.

Scarlet fue felicitada por los profesores y volvió a tomar asiento, mientras otro comenzaba su presentación.

Yo estaba lejos de ella, pero podía sentir su felicidad. Con esto terminaba su semestre y podía comenzar sus vacaciones, su nueva vida junto a mí. Sin duda se daría un banquete psicoanalizando mi cerebro destruido.

Como no entendía las siguientes presentaciones, salí del auditorio a coger aire. Me senté en una pequeña plaza que había frente al lugar, saqué mi cigarrillo de monte electrónico y le di unas pataditas.

Frente a mí pasaban estudiantes de todas las nacionalidades. Arriba de mí, en los árboles, jugaban las ardillas. Un vientecito pacheco se mezclaba con los rabiosos rayos de sol, creando una temperatura perfecta. El monte estaba bueno. Todo estaba bien. Todo menos yo, que seguía vacío, dolido, pensando en mis padres como recuerdo, sin poder asimilar que de verdad más nunca en mi vida los volvería a ver.

Un par de estudiantes salieron a fumarse unos pangolas. Al ver mi cigarrillo electrónico se lo tripearon. Preguntaron qué hacía allí y les dije que había venido a ver a Scarlet, mi esposa, en su presentación.

Uno de ellos puso cara de shock y se regresó al auditorio. A los veinte segundos volvió con un gringo alto, blanco, de pelo catire oscuro y los hombros grandes. Parecía el quarterback del equipo de futbol americano de la UCLA y probablemente lo era. Se me presentó. Me dijo que se llamaba Michael y que había sido novio de Scarlet por dos años, hasta que ella terminó con él hace dos semanas.

Michael era arrogante, y si algo había aprendido yo en los últimos días, es que no existe nada más absurdo que la arrogancia. Ser arrogante implica ignorar por completo la batalla perdida que todos al nacer emprendemos contra la muerte. No importa quién seas, qué tan grandes sean tus hombros, qué tanto dinero tengas, qué tan bien te esté yendo o te esté por ir; tarde o temprano, como yo y como todos, incluso aquellos que no tienen nada... te vas a morir. Esa batalla no la vas a ganar. No la ha ganado nunca nadie. Por eso es importante bajar la cabeza de vez en cuando. No somos tan especiales. Somos unos futuros muertos. Y eso no se debe olvidar jamás.

Le dije que lamentaba que las cosas no hubiesen funcionado para ellos. Le aclaré que no estaba interesado en hablar con él, pues mi relación con Scarlet no se basaba en su pasado, sino en su futuro.

—¿Pero tú sabes que Scarlet es prostituta? –preguntó con una sonrisa irónica.

Lo miré en silencio. Pensé en matarlo, con una naturalidad tan grande que me asustó a mí mismo. Traté de calmarme. Luché por recordar cómo hubiese reaccionado yo antes de haberme convertido en asesino. Pero no fue fácil. Lo lógico, sentía, era meterle un tiro en la frente y no preocuparme más por él.

Pero era tan predecible su actitud de ex novio, llamando prostituta a la jeva que lo dejó, que pensé que no valía la pena tanta rabia. Respondí con mucha calma.

—Hace unos días le metieron a mi papá una bala en el ojo y lo mataron. Dos días después le cortaron la cabeza a mi mamá. No creo que sea bueno, en este momento, que te pares frente a mí a insultar a la futura madre de mis hijos.

A Michael se le aguó el guarapo. Le hablaba de cosas que él nunca había imaginado, y lo hacía con una calma y un dolor que lo convencieron de que lo que decía era cierto. Sus dos compañeros, a su lado, lo tomaron del hombro y le aconsejaron dejar eso hasta ahí.

—¿Me estás amenazando? –preguntó Michael, supongo que por las dudas.

—Te estoy invitando –dije–, a que me des un motivo para usar tu cuerpo como vehículo para vengar toda esa maldad que recibí de gente mucho más violenta que tú.

El gringo se cagó y sus panas se chorrearon. En ese momento salió Scarlet y, tras ella, el resto del auditorio.

Scarlet nos miró, a Michael y a mí frente a frente; y se asustó. Me sentí en un episodio de Beverly Hills 90210. Había algo tan banal en todo el drama, que me pareció de lo más relajante.

Scarlet me tomó de la mano y comenzamos a caminar hacia fuera del campus. Michael nos vio ir, en silencio.

—Estuvo increíble tu presentación –le dije.

—¿Te gustó de verdad?

—Por supuesto, ¡estuvo buenísima!

—Sí, me dieron una A.

—Pues tenemos que celebrar.

Me besó y caminamos, abrazados en silencio.

PAZ MUNDIAL

Fuimos a almorzar al restaurante Madeo en Beverly Hills. Pedimos un tinto Barbaresco de Bruno Giacosa de 1964 para celebrar la presentación. Brindamos. Y yo decidí romper la pequeña tensión que se había creado entre nosotros desde el desafortunado encuentro.

—No importa que tuvieses novio cuando nos conocimos –dije con un tono suave, con sinceridad.

Ella bajó los ojos, avergonzada. Yo continué:

—Lo que me preocupa es que un tipo, que evidentemente está loco por ti, tiene acceso a tu universidad...

Scarlet negó con la cabeza y vi en su rostro una gran frustración.

—¿Estudia contigo? –pregunté.

—No... no sé ni cómo se enteró de mi presentación. Me imagino que alguien que estudia conmigo le dijo.

—Pero tenía una camisa de UCLA.

—Estudia Ingeniería.

—¿Tenían dos años juntos?

—No todo el tiempo.. Era más serio para él que para mí.

—Dos años es serio.

—Pensé que no te importaba...

—Me importa que parece que no sé nada de ti...

—Nos acabamos de conocer –dijo sonriendo.

Por primera vez desde que la vi en Las Vegas, me sentí incómodo con Scarlet. No me importaba demasiado que hubiese pasado dos años culeándose a un gringo güevón. Sabía de su carácter sexual y, aunque hubiese preferido no conocerlo, era mejor que hubiese estado con un tipo estable a que estuviese como yo, cambiando de pareja cada dos días. Yo me había acostado con más de setecientas mujeres en los últimos diez años, trescientas de las cuales eran putas. No era quién para andar juzgando a nadie. Pero me incomodaba que me dijese que nos acabábamos de conocer.

—Eres todo lo que tengo, Scar –dije con tranquilidad.

—¿Y tu mamá?

—La mataron…

Scarlet quedó fría. Yo ya había llorado demasiado como para ponerme emocional.

—¿Quién?

—No quiero hablar de eso.

Scarlet me miró con preocupación.

—Y… ¿estamos en peligro? –preguntó.

Hasta entonces no había caído en lo preocupante que podía ser para una gringa que a su marido latino, recién conocido, le estén matando a la familia.

Agarré su mano y sonreí reconfortante.

—No… aquí estamos seguros.

—¿Y puedes volver a Venezuela?

—Puedo… pero no voy a volver.

—¿Te matarían?

—No… los asesinos de mis padres se fueron a Colombia y se llevaron un dineral. No escucharé de ellos más nunca.

—Aquí hay muchos mexicanos que tienen negocios con colombianos. ¿Cómo sabes que no vendrán a buscarte?

—Porque nadie me está buscando. De hecho nadie me estuvo buscando nunca. A mi padre lo mataron por error del destino, a mi madre por…

—¿Por…?

—Porque yo la cagué.

—¿Cómo?

—No quiero hablar del tema.

—Lo siento, Juan. No quiero hacerte daño… pero tienes que entender, todo esto es nuevo para mí. Nunca he visto un muerto en mi vida, ni conozco a nadie a quien le hayan matado o secuestrado un familiar. Estoy casada contigo y no sé si mi vida corre peligro por ello.

—¡TODO VA A ESTAR BIEN! –dije subiendo la voz más de lo que hubiese querido.

Scarlet me miró con tristeza y dijo:

—Perdóname… entiéndeme…

—¿Qué quieres saber?

—¿Por qué mataron a tu mamá?

—Porque intentamos capturar a los asesinos de mi padre y ellos se nos adelantaron. La secuestraron para salir del país y la mataron por venganza.

—¿Mataste a alguien?

—¿Qué importa?

—Importa…

—No lo sé, es posible. Hubo muertos en ambos bandos.

A Scarlet se le aguaron los ojos. Estábamos tan lejos. Éramos de mundos tan diferentes.

A mí me entró un ataque de pánico. Estaba en el momento de mayor fragilidad de mi vida. Si Scarlet me abandonaba, me quedaba solo en el universo.

—Escúchame –dije–, todo esto es tan anormal para mí como lo es para ti. Nunca he estado involucrado en algo parecido. Me tocó y lo afronté de la mejor manera que pude… En ese fuckin país hay veinte mil muertos cada año. Cuando te toca, te toca, y no importa qué tan pacifista seas, no sabes cómo vas a reaccionar.

—Prométeme que nunca vas a volver.

—No tengo nada que hacer allí. Quiero vivir contigo en Los Ángeles o Nueva York, donde quiera que la muerte no sea algo normal.

—¿Y no crees que deberías cambiarte el nombre

—Nadie me está buscando, Scarlet. Te lo garantizo. Pero si quieres que me llame de otra manera, elige mi nombre y yo me lo cambio.

—Paz Mundial –dijo y se rió.

—¿Qué?

—Ron Artest, el delantero de los Lakers, se acaba de cambiar el nombre y se puso "Paz Mundial".

Nos reímos juntos… Nos agarramos la mano con fuerza. Respiré hondo.

—Yo lo único que quiero ahora es tranquilidad. Tenemos dinero para vivir bien el resto de nuestras vidas. Quiero que estudies, te gradúes, viajemos por el mundo. Quiero que algún día tengamos hijos. Era uno de los deseos de mi papá, que tuviésemos un hijo juntos.

—Tengo veintiún años.

—Yo sé, no hay apuro.

Ella pidió unos gnocchi y yo espagueti negro con frutos del mar. Después de un rato nos relajamos y volvimos a ser los de antes.

Ella sugirió irnos a esquiar a Vermont. Me pareció excelente… un poco de frío y nieve alejaría aún más los recuerdos que me había dejado la tierra del sol amado.

Después de comer regresamos al hotel y nos pusimos a organizar el viaje. Scarlet tenía que ir al día siguiente en la mañana a UCLA a buscar sus notas. Al final de la tarde nos encontraríamos y nuestro avión nos llevaría a las montañas.

ACCIÓN EN HOLLYWOOD

A la mañana siguiente Scarlet fue sola a la UCLA.

Al mediodía me mandó un mensaje de texto que cambiaría mi vida:

"Michael volvió loc. Encerrada su cas. Ven busca."

Estaba mal tipeado, se veía escrito en apuros. Llevaba adjunta una dirección.

El malparido quarterback quería pelear, y yo frente a él estaba demasiado bajado de lote. A mí ese imberbe no me iba a joder.

Agarré mi Colt y me arranqué.

Le di mi ticket al valet del hotel para que me trajera la Range Rover. Llamé a Scarlet varias veces y no contestó. ¡No podía contestar! Al tercer intento no repicó más, ¡el teléfono estaba apagado! Pensé, con temor, que quizá mis llamadas estaban empeorando su situación.

Finalmente me trajeron la camioneta. Puse la dirección en el GPS mientras arrancaba y casi muero cuando la máquina me dijo que la casa de Michael, en Venice Beach, quedaba a más de media hora.

Tuve que atravesar casi todo Sunset Boulevard, y lo peor, manejando al máximo de cuarenta y cinco millas por hora del límite de velocidad. Además tuve que pararme en todos los semáforos y en las señales de *Stop*. Una tortura china para cualquier venezolano que tiene una emergencia. Recorrí todo Beverly Hills, Bel-Air, los Pacific Palisades, Santa Mónica… hasta que finalmente pude llegar al océano. En la llamada Autopista del Pacífico, tomé rumbo al sur, y en diez minutos llegué a Venice Beach.

Venice estaba completamente trancada. La temporada decembrina tenía la zona playera copada de gente.

El GPS decía que me faltaba menos de una milla para llegar, pero la puta de Siri en el iPhone decía que con ese tráfico me tomaría veinte minutos más. ¡Veinte minutos que podrían ser fatales para Scarlet! Paré el carro en la calle, me bajé y salí pirao a pata limpia.

Correr un kilómetro y pico con una pistola en el cinturón, entre catiras en chorcitos y traje de baño que patinan con rollerblades, me hizo sentir de lo más John Travolta. Mi nuevo drama era tan coqueto en comparación al anterior. Pero recordé que en Estados Unidos también hay fritos. Ese chamo podría estar golpeando o intentando violar a Scarlet, y de solo pensarlo me estremecí.

Salí de la parte turística y entré a la residencial, aquella en la que canales de agua, en vez de calles, dividen las aceras peatonales y las casas. A causa de esos canales es que Venice Beach se llama así: la pequeña Venecia del imperio.

Recorrí unos doscientos metros vuelto un culo, buscando la dirección con ayuda del localizador satelital del iPhone.

Finalmente llegué a una casa pequeña y venida a menos. Adentro se escuchaba un surf rock californiano setentoso a todo volumen. Me acerqué en silencio y toqué el timbre pero no sonó. Le di un par de golpes a la puerta y esperé diez segundos, pero no hubo respuesta; asumí que no me escuchaban adentro.

Me invadió un extraño estado de desesperación. Por un lado quería respetar las leyes, siempre he temido a los pacos del imperio y no me quería meter en más peos. Pero la imagen de ese man abusando de Scarlet volvió a mi mente, y no aguanté: intenté forzar la puerta pero fue imposible. Comencé a bordear la casa, en busca de ventanas. Encontré una a la altura de la calle. Me asomé pero no vi a nadie adentro. Golpeé la ventana con fuerza para que me escucharan, pero nada. Perdí la paciencia y le di un cachazo a la ventana con mi pistola. El vidrio se agrietó pero no se rompió. Le metí un codazo y abrí un hueco. Le di dos patadas con fuerza y terminé de tumbar el vidrio.

Entré a la casa por la ventana, pistola en mano. Todo estaba oscuro a pesar de que era mediodía. La música venía desde el piso de arriba. Cogí las escaleras respirando hondo. Sentí como poco a poco me invadía ese recién descubierto nivel alocado de adrenalina que había experimentado en el barrio Los Sin Techo. Era un animal subiendo escaleras a zancadas, dispuesto a todo.

—¡¿Scarlet?! —llamé un par de veces, sin escuchar respuesta.

Seguí subiendo, avanzando hacia la música.

El piso de arriba olía a marihuana y a incienso. Tenía un pasillo largo con paredes de colores desgastados, parecía pintado hace veinte años.

Al final del pasillo había una puerta rojo ladrillo. La música venía desde adentro.

Pensé en tocar, pero mi nuevo instinto policial decidió que me convendría más tumbar la puerta a la fuerza y utilizar el factor sorpresa.

Cogí aire, juré mantener la calma y no olvidar que estaba en el imperio, y pateé la puerta hacia adentro.

Scarlet estaba en la cama completamente desnuda, con la boca tapada con una bola sadomasoquista, los brazos y piernas amarrados con cuerdas a las patas de la cama. Sobre ella, violándola salvajemente, el quarterback de UCLA.

Era una visión terrorífica. Y lo peor es que, con lo alto que estaba el volumen de la música, el hijo de puta no escuchó el ruido de la puerta y se lo siguió metiendo a mi mujer, como loco, conmigo enfrente.

Eché un tiro al techo y ahí sí reaccionó.

Volteó su cuerpo desnudo y su paloma lució firme, apuntando al techo. Me miró asustado. Le tomó un segundo reconocerme, y allí sí que se cagó.

Le ordené que se parara y levantó las manos.

Miré a Scarlet desnuda, a merced de este animal, su vagina de niña depilada abierta a la fuerza y su rostro humillado por una bola negra de cuero en su boca... y se me rompió el corazón.

Me llené de arrechera y le grité a Michael que se tirara en el piso.

Tapé a Scarlet con una sábana. Liberé su boca y su cuerpo.

Ella se puso a vomitar sin decir nada. No podía ni mirarme a los ojos.

Me acerqué al cuerpo desnudo de Michael tirado en el piso y le dije que mierdas como él no merecían vivir, que en mi país los picábamos en pedacitos.

Suplicó que me tranquilizara, rogó que no lo matara. Pero después dijo:

—Tú no entiendes, esta jeva es puta. Cobra por sexo. Te está engañando para quitarte tu dinero.

La misma basura predecible de antes… pero esta vez sí perdí la paciencia.

Volteé la Colt, puse mi pulgar en el gatillo, me acerqué al quarterback desnudo en el piso, y en un solo movimiento instintivo, que sin duda salió de la bestia en la que me había convertido… le metí la pistola por el culo.

Su reacción fue tan violenta que con el cañón en su ano… ¡se me escapó un tiro!

No imagino todo lo que recorrió la bala, pero le salió por la barriga.

Scarlet gritó horrorizada.

Michael dio un aullido de animal herido. No sé cómo coño pero seguía vivo, sangrando mierda profusamente, en posición fetal, llorando…

Scarlet me miró con ojos de terror. Todos sus miedos se habían confirmado: yo era un asesino. Había disparado en su defensa, pero lo había hecho con una furia tal que ella me temería para siempre.

Las sirenas comenzaron a sonar en la distancia, quizá atraídas por el primer disparo.

Miré por la ventana y vi las luces de una patrulla a un par de kilómetros. Scarlet rompió su silencio:

—Tienes que salir de aquí.

No dijo "tenemos que salir". Habló de mí, como si ella estuviese de lo mejor, aquí con el quarterback del ano sangrante.

—¿Y tú?

—Yo también. Pero tú tienes que salir corriendo y esconder esa pistola.

Las sirenas se acercaron más.

Scarlet se vistió. Bajamos juntos las escaleras. Abrió la puerta y me dijo:

—*GO!*

Salí de la casa y me encontré con varios vecinos asomados a las puertas y ventanas de sus hogares. Yo tenía la pistola en la mano. Supongo que los vecinos la vieron porque gritaron cual mala película de terror.

Salí corriendo por un callejón estrecho. Nadie fue detrás de mí, pero creo que se activó algún sistema de seguridad vecinal, porque por donde pasaba veía gente en las ventanas que me señalaba y se escondía.

Crucé varios canales en dirección a la zona comercial. Calculé que allí podría perderme entre el gentío.

Salí del área residencial y llegué a una calle llena de shops que termina en la playa. Miré hacia atrás y vi a un paco corriendo hacia a mí, como a doscientos metros, pistola en mano, gritándome: "*Freeze!*"

Me pasó por en frente un patotero con una Harley-Davidson Sportster negra. No lo pensé ni un segundo, le pegué la pistola en la cara. Los turistas y las jevitas que patinaban en chorcitos gritaron asustados. El patotero se bajó de la moto más chorreado que el Salto Ángel. Me ofreció su casco con la bandera de Estados Unidos y yo lo agarré. Me monté en la moto y la arranqué a toda velocidad.

El paco llegó unos segundos después y reportó el incidente por su walkie.

Crucé por Main Street a toda mierda, culebreando estilo criollo, entre la inmensa tranca navideña.

Salí de Main Street, pensando que estaría más seguro en alguna calle más pequeña.

Seguí subiendo en la bestia de moto hasta llegar a Pico Boulevard. Allí cogí hacia el este y me metí en la autopista.

La I-10 Freeway en dirección a Los Angeles estaba bastante libre. No había pacos por ningún lado. Nadie parecía haberme seguido.

Bajé la velocidad para camuflarme con el resto del tránsito.

Respiré hondo. Avancé un par de kilómetros y comprobé que nadie me seguía.

Me calmé y celebré. Era indudable que mis nuevas habilidades de malandro criollo me habían salvado la vida. ¡Acababa de vencer al estado policial norteamericano! El quarterback... el pajúo ese... moriría o sangraría por el culo el resto de su vida.

Me regodeé en mi triunfo. Pero al segundo pensé era posible que llegara a mí el CSI. Lo ideal sería mudarme con Scarlet a Madrid. Tengo allá un apartamentazo, en plena Puerta del Sol. Podríamos comenzar una nueva vida en la madre patria. Scarlet aprendería español y terminaría su carrera en la Universidad Complutense. O quizá deberíamos separarnos por un tiempo, hasta que yo dejase atrás toda la violencia, y estuviese listo para amarla otra vez.

Mi mente se ocupaba en esos pensamientos y probablemente por eso no noté, hasta que ya era muy tarde, que tenía un pájaro siguiéndome desde el cielo.

El helicóptero de la policía de Los Ángeles, nada más y nada menos, encima de mí, coordinando mi captura; en la misma autopista en la que habían capturado a O.J. Simpson. Era probable que yo ya estuviese saliendo en vivo por la tele. Si no, estaría en todos los noticieros de la noche.

Confieso que sentí alivio al recordar que mis padres no verían mi captura por la tele. Era una sensación liberadora. Nada me hubiese dolido más que imaginar a mi padre humillado por la noticia. Ese dolor ya no era una posibilidad y eso me dio alegría. Pensé que el mundo estaría más sano mentalmente si ninguno de nosotros tuviese que luchar por la aprobación paterna. Mi vida estaba en mis manos, sin importar más nadie, y eso hacía mucho más aguda mi capacidad de decidir con juicio mis próximos pasos.

Analicé con calma mis posibilidades:

1) Podía intentar llegar a Downtown y tratar de perderme entre las hordas de mexicanos y chinos que llenan los mercados de mayoristas.

2) Podía agarrar la autopista 405 hacia el sur y tratar de llegar a Tijuana... Convertirme en uno de los miles de fugitivos que disfrutan de la libertad en el norte de México.

3) Podía agarrar la próxima salida e iniciar una persecución urbana que terminase con mi muerte, y dejar así un gran legado de entretenimiento para los aburridos televidentes del noticiero de la noche.

4) Podía detener mi moto y entregarme a la justicia yankee. Confesar que le disparé a un violador mientras abusaba de mi señora, y alegar que eso no tiene nada de malo.

5) Podía seguir por la autopista a toda velocidad hasta llegar a un puente y saltar al vacío, como Thelma y Louise.

Cinco.
Opción cinco.

¿Está seguro de su respuesta?

Sí. Lo correcto es acabar con esta vida antes de que se haga aún peor. Esa es la solución. Saltar al vacío. Sin espectáculo. Sin pantallería. Morir solo, como merezco morir.

Afrontar de una vez el infierno y la nada... Lo que sea que espere del otro lado a un miserable como yo.

El viento contaminado de la autopista hirió mis ojos y los hizo llorar. Pensé que esas lágrimas le darían un patetismo extremo a mi cadáver: dirían que morí llorando y eso me daría mucha vergüenza. Decidí cerrar los ojos para resguardar mi integridad post mórtem. Aumenté la velocidad al triple. Llegué a los doscientos kilómetros por hora, con los ojos cerrados. Me alisté para que cualquier curva me sacase de la pista. Acepté mi muerte con solemnidad y estuve a punto de entrar en un estado de paz absoluta cuando... escuché sirenas en la vía. Abrí los ojos y vi... en la distancia... ¡cientos de luces de patrullas de policía!

La vaina parecía salida de una película de acción gringa: no menos de veinte patrullas esperándome, con todos los pacos apuntando sus Glock en dirección a mí. Además había dos helicópteros arriba de las patrullas (uno de la policía y otro del noticiero de CBS).

El helicóptero que me seguía desde atrás bajó su altura hasta ensordecerme con su ruido. La última vez que había sentido el viento de unas hélices tan cerca, tenía la cabeza de mi madre separada de su cuerpo frente a mí.

Sentí miedo... miedo a seguir a esta velocidad... miedo a estrellarme contra los pacos y morir en una lluvia de balas...

Pero también sentí miedo a la cárcel. Apenas podía aguantar el dolor de mi culpa viviendo como hedonista millonario, no imagino lo que sería soportarlo todo en una celda de dos metros cuadrados, con apenas una hora de sol al día, quién sabe por cuántos años…

Me decidí a no frenar.

Había vivido mucho en muy poco tiempo y era hora de decir adiós. Mi muerte se inmortalizaría por la tele y en algunos corazones sería motivo de inspiración. Moriría como Tony Montana, como Bonnie and Clyde. Un final como los de los grandes: a toda velocidad, enfrentado a las fuerzas del imperio…

Pero el asfalto estaba jodido y la moto se movió de manera inesperada. Mi velocidad era tan grande que no recuerdo ni cómo ni cuándo perdí el control… Sé que comencé a rodar por el asfalto de forma incontrolable… Recibí coñazos por todos lados, esperando que mi cabeza hiciese crack y se apagase mi visión sin pena ni gloria… Rodé y pensé que moriría como un pendejo, sin tiros, sin música de fondo… Sería un muerto pajúo… Un güevón que murió por un error de manejo… Un amateur hasta la muerte…

El crack nunca llegó… El casco con la bandera del imperio protegió mi cabeza de manera impecable. Me reventé varios huesos, pero caí vivo, a veinte metros de las patrullas de policías.

Mi moto sí chocó y explotó contra una patrulla, ella sería la estrella del noticiero de la noche.

Los pacos se me acercaron en formación grupal, a ver si estaba vivo. Busqué mi pistola en mi cintura, para ver si al menos podía terminar la función por cuenta propia, con un poco de dignidad... pero la bicha había salido volando en el choque.

Mi mano en la cintura asustó a los policías: me dispararon electricidad para inmovilizarme. Mi cuerpo se sacudió como el de una cucaracha pisada. Mi mente se neutralizó. Me hice pipí en los pantalones. Me sangró la nariz y la sangre me bajó por el esófago cubriendo mi lengua. El sabor sanguíneo copó todos mis sentidos, me recordó a los Tragavenados, me hizo sentir en casa y sonreír.

Me esposaron. Me leyeron mis derechos como en las películas. Me cargaron, pues no podía caminar, y me arrastraron hasta una patrulla. Me metieron en la jaula esposado. La patrulla arrancó. Y yo perdí la consciencia.

HASTA EL 2021

Siguieron varios días difíciles. Me pusieron yesos en todo el cuerpo. Me inyectaron tranquilizantes. Me hicieron dormir esposado en un hospital público del sur de Los Ángeles. Después me trasladaron a una prisión para procesados.

Me dieron permiso de hacer una llamada y varias veces intenté llamar a Scarlet, pero no agarró el teléfono.

Pedí que me permitiesen mandar un e-mail, pero dijeron que ese derecho no estaba contemplado para un procesado como yo. Expliqué que ella era mi esposa, necesitaba hablar con mi esposa, sin duda ella querría hablar conmigo. Me dijeron que ese no parecía ser el caso, nadie que se hubiese identificado como mi esposa había solicitado visitarme.

El Ministerio Público me facilitó un abogado. Era un hombre simple, de unos setenta años, sin mucho dinero, sin mucho interés en nada, pero bastante profesional. Lo vi por primera vez en el pabellón de visitas, a través de un vidrio blindado. Vino a explicarme el estatus de mi caso.

—Afortunadamente –dijo–, el ciudadano Michael Baker no murió por el disparo. Sin embargo, usted está siendo acusado de intento de asesinato intencional.

—¡Ese señor se estaba violando a mi esposa cuando le disparé! –protesté.

—Entiendo.

—¿Y eso no ayuda en nada?

—Ayuda, en la mayoría de los casos.

—¿Pero en el mío no?

—Presuntamente el señor Baker mantenía una relación desde hace dos años con su esposa.

—Ya habían terminado.

—El señor Baker afirma que no. Dice que usted estaba siendo utilizado por su esposa, que ella estaba con usted para quitarle el dinero y dárselo a él.

—Eso es absurdo.

—Lamentablemente, los estados de cuenta, tanto suyos como de los otros involucrados, le dan bastante fuerza a dicha argumentación.

—¿Cuáles estados de cuenta?

El abogado me mostró unos papeles: eran los movimientos de mi cuenta del Bank of America. En ellos se veía cómo, sistemáticamente, Scarlet había girado veinte mil dólares diarios desde mi cuenta a la suya, desde el día del giro que le hice para su abuela en la Quinta Esmeralda. Trescientos veinte mil dólares en total.

Adicionalmente, había movido dos millones de dólares a nuestra cuenta conjunta en los días que siguieron al accidente.

—Es parte del dinero que necesita para su abuela –dije casi susurrando–, está enferma.

El abogado me miró extrañado.

—No… tengo registro de ninguna abuela con la que la señora haya tenido contacto en los últimos años.

Yo no podía creer lo que estaba escuchando. ¿Scarlet me había estado estafando desde el principio? ¡No podía ser...! ¡Era imposible!

—Mr. Planchard, ¿está usted al tanto de las ocupaciones profesionales de su señora durante el año previo a su matrimonio?

—¿A qué se refiere? Es estudiante de UCLA.

El abogado me miró con curiosidad y con lástima. Sacó otra carpeta y me mostró unas fotos de una mujer con la cara tapada. En algunas estaba en traje de baño, en otras estaba sin la parte de arriba. En otras mostraba su inconfundible y legendaria cuquita depilada.

—La señora ha sido parte de un anillo de prostitución de lujo que opera entre Los Ángeles y Las Vegas.

Había otras fotos en las que Scarlet salía en hoteles con lo que parecían hombres de negocios de mediana edad. Entre ellos reconocí, en shock, al hombre de la mesa de póker, aquel que ella me aseguró era su padre.

—Hay una buena noticia, Mr. Planchard –dijo el abogado.

Qué coño buena noticia va a haber, pensé yo. La mujer de mi vida me estafó. La princesa californiana era una puta. Y yo soy el carajo más conejo de la historia.

—Si podemos demostrar que ella planificó todo desde el principio, y posicionarlo a usted ante el jurado como víctima de esta manipulación, incluso plantear que con el golpe final quería salir no sólo de usted sino del... otro; podríamos reducir su sentencia de manera significativa.

—A… ¿cuánto?

—Normalmente usted sería condenado a unos veinte años por intento de asesinato y robo, y podría salir en libertad condicional en unos quince. Pero si demostramos lo dicho, y usted se compromete a exhibir buena conducta… Si adicionalmente confiesa que disparó el arma y no niega los cargos… Quizá podamos reducir su condena a unos diez.

Diez años, compadre, hasta el 2021, por el buche. Diez años pudriéndome en un hueco mientras Scarlet se rumbea mis reales.

—¿Dónde está Scarlet? –pregunté.

—No estoy autorizado para darle esa información. Pero tengo entendido que salió del país.

Se fue, la hija de puta, puta.

—Dígame algo –dije tras una pausa–, el hecho de que él la hubiese encerrado en su casa, ¿no lo implica en algún tipo de crimen?

—Se podría intentar esa estrategia pero si le soy honesto, hasta ahora ningún elemento ha llevado a los investigadores a asumir que su señora había sido obligada a estar allí.

—¡Estaba amarrada!

—Entiendo.. pero es difícil utilizar eso como prueba si se toma en cuenta que entre los servicios ofrecidos por su señora… estaba el S&M… Y los elementos con los cuales estaba… amarrada… son de su propiedad. Entiendo que ella le escribió que estaba retenida en contra de su voluntad, y eso es un elemento poderoso que usted tiene para demostrar que ella lo tenía todo planeado. Pero no existe ninguna prueba de forcejeo, ni en ella ni en él.

De pana que yo soy medio pendejo. La jeva me pide que la cachetee, me lleva a restaurantes sadomaso, me mama el güevo en taxis y coco taxis… y nada. El güevón seguro de que era una niña de su casa.

—Creo que lo recomendable es que se tome un tiempo -continuó-, para pensar en todo esto. No lo sabía, pero veo que mucha de esta información es nueva para usted. Estoy a sus órdenes cuando lo desee y estaré encantado de asumir su defensa. Tiene derecho a pedir otro abogado si no está conforme conmigo. Siento mucho lo que le sucedió.

Y así, se arrancó.

El juicio duró cuatro meses.

El quarterback, en silla de ruedas, conmovió al público y convenció al jurado.

Scarlet brilló por su ausencia. Nadie me supo explicar por qué.

Me condenaron a veinte años por intento intencional de asesinato y dejaron abierta la posibilidad de soltarme bajo fianza a los diez, si me portaba bien.

NOTA DEL COMPILADOR
Lo que sigue es la traducción de los mensajes privados intercambiados, vía Twitter, entre la señorita Scarlet y su amiga Zoe.

@ScarletT45
Hola!

> @Zoe23
> Scarlet? Wow! Dónde andas metida?

@ScarletT45
Estoy... en Europa.

> @Zoe23
> En dónde?

@ScarletT45
En Viena, pero no le digas a nadie.

> @Zoe23
> q haces en Viena?

@ScarletT45
Terminando de graduarme d psicoanalista.

> @Zoe23
> Qué bien!

@ScarletT45
Vivo al lado d la casa d Freud.

> @Zoe23
> Quién es Freud?

@ScarletT45
Olvídalo.

@Zoe23
Q loco todo lo que pasó!

@ScarletT45
Muy loco!!

@Zoe23
Cuándo vienes?

@ScarletT45
No creo q vaya por un buen tiempo. Está complicado. Pero t escribía para ver si querías visitarme. Te extraño!

@Zoe23
Yo también! Pero no tengo nada d $$$... Desde todo tu rollo me dio miedo y dejé de trabajar.

@ScarletT45
No t preocupes. Yo t invito. T mando mi avión.

@Zoe23
En serio tienes avión?

@ScarletT45
Sí! Es lo máximo! Podemos dar una vuelta por Europa si te animas :)

@Zoe23
Bueno.

@ScarletT45
El domingo?

EL IMPERIO CONTRAATACA

Al mes de haber recibido mi condena, mis huesos ya habían sanado; pero yo no lograba acostumbrarme a la prisión. Era horrible, mucho peor de lo que había imaginado. No dormía. Tenía pesadillas. Me entraban a coñazos los blancos y los negros por latino, y los mexicanos y salvadoreños por venezolano. Tenía que cagar en una poceta de hierro al lado de mi cama. Veía el sol a lo lejos desde mi celda sin ventanas, y con suerte una hora al día en el patio. Comía unas vainas podridas que no sé si eran animales o procesadas. Leía la Biblia y una que otra porno taqueada que me pasaban para hacerme la paja. Y me aburría... demasiado... Estaba convencido de que el peor error de mi vida no había sido matar a mis padres, sino haber fallado en mi intento de suicidarme.

Meses después me enteré de que hubo elecciones en Venezuela. La oposición fue con Henrique Capriles Radonski. Imagínense esa vaina. Como si esto se tratase solo de Venezuela. Medio continente americano, Rusia, Irán, Siria, China, más del 80% de la población del planeta vive en países cuyos gobiernos cuentan con Venezuela como aliado estratégico político y comercial; y estos carajitos burgueses creen que un pavito que sube a Sabas Nieves los domingos va a cambiar la historia. No me jodan. No tienen idea. No volverán.

Un par de meses después de las elecciones escuché la voz de un guardia pronunciando una frase inesperada:

—Mr. Planchard, tiene visita.

—¿Quién es?

—No sé... una mujer.

¿Una mujer?

¿Había venido finalmente Scarlet a visitarme?

¿A salvarme?

Me puse de pie con alegría. Verla una vez más sería el momento más hermoso que habría vivido en meses... Sus ojos... su sonrisa... Estaba dispuesto a reírme con ella... burlarme de cómo me engañó... Quería mentarle la madre y desearla una vez más... intentar seducirla para que se comprometiese a venir a verme de vez en cuando.

Abrieron mi celda y me esposaron. Caminamos por el pasillo y yo brinqué como un carajito emocionado.

Abrieron una reja...

La cerraron...

Abrieron otra...

Caminamos hacia otro pasillo...

Y finalmente llegamos a la sala de visitas.

Estaba llena de gente. Prisioneros de un lado, familiares del otro. Era un patético festival de pasiones humanas... y yo era uno de los más ridículos y ansiosos del lugar.

Me indicaron que fuera al cubículo veinticuatro.

Llegué al cubículo veinticuatro, me quitaron las esposas y me encerraron. Agarré el teléfono que me comunicaría con el otro lado y esperé con palpitaciones a que se abriera la ventanilla…

Finalmente se abrió…

Y mi sorpresa fue total…

¡La Góldiger, compadre!

Con su rostro blanco parecido al de la Princesa Leia, unos lentes Gucci y unos braga denim Diesel ochentosa.

Me sonrió con cariño genuino. Yo lo hice a medias. Estaba decepcionado de que no fuese Scarlet, pero agradecía enormemente la visita. Con mis padres muertos y esa puta en otro mundo, la Góldiger era lo más cercano que tenía a una amiga.

Agarró el teléfono y me miró con picardía.

—Te ves horrible, Juancito –dijo casi riéndose.

—Gracias. Tú también.

—Mentira… si estoy de lo mejor.

—Qué bueno. ¿Cuándo llegaste? ¿A qué debo el honor?

—Llegué hace una semana… tengo meses tramitando lo tuyo. Necesitaba que te condenaran y se terminaran de cerrar las elecciones, antes no podía hacer nada.

¿Tramitando lo mío? ¿Qué locura se le había ocurrido ahora?

—No me sirve de nada el dinero aquí –dije con tristeza agresiva–, y no me quiero meter en más peos.

La Góldiger me miró con complicidad, como si estuviese por darme la mejor noticia que me habían dado en la vida.

—No me mires así –protesté–. Me quedan al menos diez años aquí y no hay nada que la revolución pueda hacer por mí.

La Góldiger sacó una carpeta y de ahí una credencial. La pegó al vidrio y me permitió verla: tenía una foto mía. ¡Era un carnet de la CIA!

—¿Te viniste a burlar de mí? –pregunté molesto.

Ella bajó el carnet y me miró con seriedad. Se me subieron las bolas a la garganta cuando comenzó a hablarme en inglés.

—Vengo a ofrecerte que trabajes conmigo para la *Central Intelligence Agency*.

Los rumores de que la Góldiger era un agente de la CIA eran grandes y conocidos, pero nunca se me hubiese ocurrido que fuesen verdad.

—Tienes contactos y relaciones fundamentales en el gobierno bolivariano. Tienes el *know how*. Eres figura pública en el país, y te sabe lo suficiente a mierda el proyecto ideológico como para que no te moleste traicionarlo.

—¿Esto es en serio?

—El Comandante se está muriendo. Ganó las elecciones pero no podrá gobernar. Tendrá que designar a alguno de sus idiotas como heredero, y ya conoces como son. No saben hacer nada. Los próximos años serán cruciales para tu país y la geopolítica de la región. Cualquier cosa puede

pasar. Estados Unidos necesita de tu ayuda. *We want you!*
Puedes salir libre esta misma noche si aceptas mi oferta.

WE WANT YOU!

¡Los gringos, mi pana! ¡Hagas lo que hagas, siempre se quedan con tus reales, con tu petróleo, con tus bancos, con tus amigos, con tu país, con tus sueños… con tu vida!

¡Qué carajo! ¡P'allá vamos!

Prefiero infierno propio a paraíso extranjero.

¡A Venezuela se ha dicho!

¡Que se prepare el elefante blanco que me lo voy a almorzar!

Continuará…

Made in the USA
Middletown, DE
20 February 2017